陰陽師学園

おちこぼれと鬼の邂逅

著　三萩せんや

マイナビ出版

もくじ

陰陽師学園

おちこぼれと鬼の邂逅

序章　少年の旅立ち

四月のはじまり。

新しい年度のはじまり。

北東から、南西へ。東京駅を終着駅にした上りの東北新幹線が、長くて暗いトンネルの中を通過していた。暗い外を隔てる車窓のガラスが、鏡のようにその車内を映している。

窓際の席に座った遠山灯里(とおやまあかり)は、そんな車窓をじっと見ていた。

映り込んだ顔が見返してくる。

つり目がちで大きな双眸(そうぼう)。名前と相まって、先日中学を卒業するまで女子のようだと同級生たちに揶揄(やゆ)されることの多かった、自分の嫌いな顔だ。

(新しい場所でも、また馬鹿にされんのかな……)

……嫌だな、と灯里が思った瞬間だった。

眩い光が目の前に飛び込んできた。

「っ、眩し……」

灯里は思わず目を瞑(つぶ)る。

再び目を開くと、車窓にはもう自分の顔はなかった。

芽吹いたばかりの草木の緑に、時折、白く輝く桜の花が散る。目の前を流れてゆくのは、日差しを受けた春の風景。

暗く長いトンネルが終わったのだ。

「……そっか。もう春だったのか」

灯里は、しばらく呆然とその風景を見つめていた。

トンネルのあちらとこちらでは、季節の進みが違うらしい。灯里が通っていた中学校の桜の花は、まだ小さな蕾(つぼみ)の状態だったというのに……。

山間から田園へと景色が流れる窓から、灯里は視線を外した。抱えていたリュックの中を漁(あさ)ると、一通の封筒を取り出す。

封筒は、この春より灯里が通う高校から送られてきたものだ。

既に開封してあるその中身は、高校からの入学案内状とチケットのような細長い紙片である。

その紙片を手に取って、灯里はまじまじと見つめた。

チケットと呼ぶには、あまりに物々しい御札のような見た目の紙片だ。

短冊状の和紙に、筆で書き込まれたらしい複雑な紋様が並んでいる。神社などで授与している神札や護符に似ているが、文字らしい文字はない。

その紙片が何を意味しているのかは、今の灯里には分からなかった。

……けれど、どうやら〝そこ〟に行けば分かるらしい。

灯里は、紙片から案内状に視線を移した。

穴の開くほど何度も読んだそれに改めて目を通す。

内容は、とある学校への灯里の入学が許可されたこと、その学舎への行き方だ。たった一枚の案内状に、簡潔すぎるほどの短文が記されてある。

その案内状にある高校の署名を見て、灯里は目を細めた。


『学校法人　陰陽師学園(おんみょうじがくえん)　開明校(かいめい)』


何の冗談だ？

それが灯里の最初の感想だった。

この封書は、自宅のポストに投函されていた。つい一週間ほど前のことだ。

差出人の名前はなく、不思議に思いながらも開けてみれば、先の入学の案内状と紙片とが入っていたのである。

しかし、灯里はこんな名前の学校など初耳だった。当然、受験もしていない。

そもそも、受験の直前にいろいろあって、願書を出していた他の高校も試験を受けることができなかったのだ。そんな風に、今後の進路が不透明な状況で送られてきた封書だった。

見ようによっては渡りに船だが……灯里は、それを破り捨てた。

勝手に入学を許可してくる学校など気持ち悪い。

訳の分からない短冊のような紙片も気味が悪い。

送り返してしまおうとも思ったが、それは無理だった。案内状に記載されていたアクセス方法では日本の首都にある東京駅が終点となっており、肝心の所在地はどこにも書いていなかったからだ。

以上から、これは手の込んだ悪戯（いたずら）だ、と灯里は判断し、破り捨てたのである。どこの誰かは分からないが、物好きなことをする暇人がいるのだろう、と。

だが、破り捨てたはずのその封筒が、元の形のまま自室の机の上に置かれていたことで話が変わった。

再び破り捨てるも、今度は仕事から帰宅した母親に「届いてたわよ」と手渡された。

手にした三通とも、すべて同じ中身だった。

気味の悪さから、灯里はそれを母親に見せることにした。

インターネットで検索してみたものの、『陰陽師学園』などという学校は見つからなかった。普通に考えれば、悪戯、虚偽……もしくは詐欺などを疑い、無視するべきだろう封書だ。

だが、母は「本物だと思うわ」と断言した。

あろうことか封書をよく見もせず、それどころか灯里と目も合わせずに。

灯里が母のおかしな態度を指摘すると、今度は父が「まあまあ。とりあえず行ってみたらどうだ」と言った。

父は薄ら笑いを浮かべていた。何かを誤魔化そうとしている時の癖だ。

灯里はふたりを追及し続けた。「ふたりとも何か知ってるんじゃないの?」「何か隠してない?」と……だが、両親に躱（かわ）しに躱され、とうとう出発の日になってしまった。

そうして今、灯里は案内状に記載のあった東京駅へと向かっている。

謎の封書を送ってきた陰陽師学園とやらに入学するために。

（って言っても、なんか嘘くさいんだよな……）

そう思いながらもこうして謎の学校へと向かってしまっている自分に、矛盾してるな、と灯里は思う。

けれど高校受験ができなかった以上――そして親に勧められている以上、この四月から高等教育を受けるには、そこに行くしかなさそうだった。

冗談のようだし、悪戯のようだし、とても嘘くさい。特に両親のあの反応が怪しすぎる。

けれど、もし案内状に記載されていたすべてが本当だったら？

（……ちょっとだけ、わくわくするな）

新幹線は東京駅のホームへと、吸い込まれるように入ってゆく。

現実への疑念と、非現実への期待を抱えた十五歳の少年を乗せて……。

第章 東京駅地下秘密路線より

東京駅、丸の内駅舎。

レトロモダンなレンガ造りのその建物は、創建当時を復元したものだという。

明治時代に着工し大正時代に開業した東京駅は、第二次世界大戦の折に焼け落ちたものの、幾度かの修復を経て現在の姿となっている。

その美しい駅舎の南北の改札は、芸術品のようなドーム状の天井に覆われていた。

残存していた部品を使いながら復元されたその天井の形は、円形に見えて、実は八角形だ。それぞれの角には、稲を咥えた鷲のレリーフと、十二支の彫刻が飾られている。

そのドームの窓から差し込む光が、改札前に光の輪を落としていた。

「……本当にないんだな」

天井を遠目から見て、灯里は奇妙さに思わず呟いた。

八角形の角に、十二支は並びきらない。

つまり、欠けている干支が四つあるのだ。

子(ね)・卯(う)・午(うま)・酉(とり)――欠けているのは、その四つである。

灯里には、その理由は分からない。

にもかかわらず、注目している理由はひとつ……入学案内状に書いてあった陰陽師学園へのアクセス方法に、この場所が指定されていたからだ。『東京駅、干支の欠けた丸の内駅舎ドーム天井の真下』と。

加えて、案内状にはこの場所で〝ある行動〟をするように指定されていた。

灯里は周囲をぐるりと見回す。

誰かが自分を隠し撮りなどしていないだろうかと確認する。もし案内状に書いてあることが嘘ならば、滑稽な姿を晒(さら)すことになるからだ。

だが、行き交う通行人こそ多いものの、誰も灯里を気に留めるような者はいない。服装も、パーカーにスキニージーンズ、そこに膝まである黒いコートを羽織っただけという珍しくもない格好なので、景色に溶け込んでいるはずだった。

(やるか……)

意を決して、灯里は封筒から御札のような紙片を取り出した。

半信半疑とも言えぬ、九割は疑念のような状態だ。

だが、親に新幹線代を出してもらって、わざわざここまでやって来たのである。案内状に書いてあることを試さず帰るわけにもいかない。

灯里は、ドーム天井の下、光の輪の中へ向かって歩を進めた。

輪に入ると同時に、口の中で小さく早口で呟く。

「急急如律令（きゅうきゅうにょりつりょう）」

ほら、何も起こらない――そう思った瞬間だった。


空気が変わるのを感じた灯里は、はっとして足を止めた。


気づけば、そこは先ほどまでの改札前ではない。

「な、なんだ、ここ……？」

灯里の目に映っていたのは、地下鉄のものらしき電車のホームだった。

地面や天井には、近代的な東京駅に似つかわしくない風化が見られる。そこに、古めかしい電車――否、汽車が止まっていた。

先頭の蒸気機関車の行先標には『陰陽師学園　開明校前』と表示されている。

「まさか……」

呆然としたまま、灯里は呟く。

瞬きをする間もなく、気づけばここにいたように思う。

物理法則すら軽く無視した気がするのだが、確かめる術もない。だが、荒唐無稽だと思っていたひとつの予想が頭を占めてゆく……。

「陰陽師学園って……まさか本当に〝陰陽師〟の学校なのか？」

疑問を口にした瞬間だった。

「君」

「うわっ」

背後からの声に、驚いた灯里は弾かれたように振り返った。

見れば、すぐ後ろに人が立っていた。

灯里よりも背の高い、大人の男だ。

暗闇から浮き出たような黒いスーツの男の立ち姿は、細くすらりとしている。

女性のような嫋(たお)やかさこそないものの顔立ちが整っているからだろう、モデルか俳優のようだ。だが、華美な気配はない。その代わりに、まるで雪がしんしんと降る真冬の夜に似た静謐(せいひつ)な雰囲気を漂わせている。

神秘的な気配の男に、灯里は思わず見惚れた。

　同時に疑問を覚える。

　なんだろう？　どこか懐かしいような気が――。

「……君。おかしくなってはいませんか？」

「え――あっ、はい！　すみません！」

　睨むように目を眇(すが)めた男に、灯里は我に返った。

「学園へ行くのでしょう。あの汽車ですよ。急ぎなさい」

　言って、男は顎(あご)先で汽車を示す。

　混乱から一言も返せぬまま、灯里は何とか頭を下げて汽車に向かった。

　歩いている途中も、疑問が頭の中を渦巻く。

　さっきまで確かに東京駅にいたのに、ここは？

　いや、それだけじゃない。自分がこれから向かうのは、陰陽師の学校？

「あー……っていうか今の人、学園の関係者だったのかな。訊(き)けばよかった」

　灯里は振り返る。

　だが、もう男の姿は見えなかった。

　スマートフォンを見ても、電波は圏外で、場所を調べることはできない。

　どこか湿った冷たい空気に、土の匂いが混じっている。やはり地下のようだ。とはいえ、蒸気機関車が煙突から排出している煙は、不思議なことに籠（こも）ったりしていない。普通なら排煙で煤（すす）だらけになるはずだろうに。

（……変な場所。そもそも俺、改札前から、どうやってここに？）

灯里は歩きながら考える。

改札前であの御札のような紙片を使った結果、気づけば地下へと移動していた。まるで魔法でも使ったかのように。

だが、魔法なんてものは、この世に存在しない。

使える者もいない。常識的には、そのはずだ。

しかし、灯里には、その魔法のような力を使えそうな存在に心当たりがあった。

（〝陰陽師〟か……）

灯里は思い出す。学園についてインターネットで検索した際に、類似キーワードとしてヒットしたその言葉を。

――陰陽師。

平安時代より以前に定められていた官職のひとつだと言われている。

官職。つまり、役人だ。

同時に、悪鬼や怨霊（おんりょう）を調伏（ちょうぶく）する呪術師的な存在としても知られている。だが、あくまで創作物の中での話……そのはずだった。

しかし陰陽師学園は、そんな陰陽師を育成する学校のようだ。

何やら変わった名前の学校もあるのだな、と灯里は当初思っていた。

指定されていた東京駅の改札前もただの集合場所で、そこから直通のバスが出ていたり、引率者が待っているのだろうと思っていた。送られてきた御札のような紙片も、乗車確認などに使われるチケットなのだろう、と。

けれど、実際は違った。

紙片を案内状に記載された方法で使ったところ、魔法のような不思議な力でここまで瞬間移動させられたのである。その常識を超えた体験は、陰陽師というものに懐疑的だった灯里にも存在を信じさせるに十分だった。

(……本当に、陰陽師の学校があるんだ)

実感した灯里の中に、高揚感が湧き上がってきた。

自分の予測を超えた不思議が、現実に存在する。

それはまるで、世界の常識が書き変わるような感覚だった。胸が高鳴るのを抑えきれない。

こんな風にわくわくしたのは、一体いつ以来だろう。

灯里はこれまで、理性的に、常識的に、周囲の大人たちの手を煩わせることもなく、落ち着いた人生を心がけてきた。

それが、近頃の世間では必要とされる生活態度だったからだ。

逸脱すれば、戻れない。失敗したら、挽回できない……だから冒険せず、普通とされる道だけを選んで進んできたのだ。

それが今、未知の世界に足を踏み入れようとしている。

……しかし、頭の中で浮かんでくるのは、ひとつの疑問だ。

魔法のような力の存在を自分自身に感じたことはない。不思議な体験をした記憶もない……なのに、なぜ？　どうして自分がそんな学校に呼ばれたんだろう？

（俺が陰陽師になれるってことなんだよな……でも）

考えているうちに、灯里は汽車の乗降口についていた。

汽車は十両編成。車窓から、灯里と同じような年頃の者たちが既に車内にいるのが見える。座席は指定席だろうか？　それとも自由？　頭を悩ませながら、気づけば一番奥の車両まで来ていた。

勝手が分からず、灯里は仕方なくそこから乗り込む。

座席は四人掛けのいわゆるボックス席で、乗客はひとりずつ斜向かいに座っている。

と、中ほどのところにひとりぶん空いている席があった。

灯里は、そこに腰を落ち着けることにした。

「すみません。ここ、いいですか？」

声をかけると、先に座っていた眼鏡の男子が、読んでいた本から顔を上げた。

脱いだコートを丁寧に畳み傍らに置いていた彼は、毛玉のひとつもないニットのベストにピシッと皺のない白シャツという服装だ。頭からつま先まで、真面目そうな雰囲気を漂わせている。

灯里を見て、彼は不思議そうに目を瞬いた。

「……君。式神は？　使ってないの？」

「え？　式神って……あの式神？」

急に言われて戸惑ったものの、それが何かを灯里は思い出すことができた。

〝式神〟とは、陰陽師が呼び出して使役する使い魔のようなもののこと……らしい。

陰陽師について調べた時に〝陰陽師といえば式神〟というくらいよく一緒に説明されていた。

だが、灯里は式神など呼び出せない。

陰陽師らしい力もなければ、そもそも陰陽師という存在を疑っているくらいなのだ。

学園に入学許可を出された理由も分かっていないのであるからして、式神の使い方など知る由もない。

だが、眼鏡の男子にとっては「スマートフォン使ってないの？」くらいの質問だったのかもしれない。灯里の反応に、彼は怪訝そうな顔になった。

「『あの式神』とか言われても、どの式神か分かんないけど……座席の案内とか、してくれなかった？」

「う、うん」

「そっか。まあ、僕の式神も座席を伝えるのがギリギリだったしな……そこ空いてるし、座ったら」

何かを察したような眼鏡の男子の申し出に、灯里はありがたく座ることにした。

不思議なもので、腰を落ち着けると、代わりとでもいうように途端に気持ちがそわそわしだした。

車内を眺めると、皆あまり会話が弾んでいる様子はない。

眼鏡の男子のように本を読んでいたり、スマートフォンなどを手元で弄っている者が大半だ。

乗り込まずに見送った前の車両はもう少し賑やかな様子だったので、ここにいるのは新入生だけなのかもしれない。車両全体によそよそしい空気が漂っているのも、初対面同士ばかりのせいだろう。

電波はあるのかな、と灯里は自身のスマートフォンを確認する。しかし圏外のままだった。皆、電波はどうしているのだろう……そう不思議に思いながら、灯里はスマホをしまった。だが、手持ち無沙汰のせいか、途端に居心地が悪くなる。

「えっと……すみません」

灯里は、斜め前に座る眼鏡の男子に再び声をかけた。

「なに？」

「ここ、私語禁止とかだったりしますかね？」

「いや。たぶん、そんな決まりはないんじゃないかな」

「そっか……じゃあ、あの、訊きたいことがあるんだけど」

響かないように声量を絞って、灯里は切り出す。

眼鏡の男子が、少し迷惑そうに眉を顰める。けれど「なに？」と話を促してくれた。

灯里は申し訳なく思いながら、質問させてもらうことにした。雪だるま式に増えている疑問を少しでも解消したかったのだ。さすがにこのままだと積み重なった疑問に潰されてしまう。

「その……ここ、どこなんですか？」

「東京駅の地下」

「地下ってことは、これ地下鉄なんですか？」

「東京駅地下秘密路線と呼ばれてるものだよ。知らない？」

「あー……知らないですね」

灯里の答えに、男子は困惑したような顔になった。

彼のそんな反応に気まずくなりながら、灯里は思い切って続ける。

「あの、もうひとついいですか」

「はあ。どうぞ」

「おかしなこと言ってたら、すみません。さっきまで東京駅の改札前にいたはずなのに、気づいたらここのホームにいたんですけど……これ、地下に一瞬で来たってことなんでしょうか？」

「……君、陰陽師学園に行くんだよね？　僕と同じ新入生みたいだけど」

不審者を見るような目をされたので、灯里は慌てて肯定した。

「も、もちろん。案内状も持ってるし」

「ああ、じゃあ素人（しろうと）ってだけか」

男子から憐れまれるような目を向けられ、灯里は居た堪れなくなる。

灯里は素人――ということは、この眼鏡の男子はそうでもないらしい。恐らく周囲の者たちも彼と同じなのだろう。

灯里が何の素人かは、この場合、考えるまでもない。

「あの……もしかして他の新入生の人たちも、陰陽師の術を使ったりできるの？」

「簡単なやつだけどね」

「新入生なのに？」

「そういう家柄の人が多いだろうし」

「家柄……君もそうなの？」

尋ねると、眼鏡の男子は「一応ね」と最低限の答えを返した。

灯里は、そこで察する。確かに、初対面の人間に家のことを詳細に話してやる必要はない。

「教えてくれて、ありがとう」

「君の家は違うんだね」

「うん。普通の家のはず」

「なるほど……話を戻すけど。君、改札前で、〝霊符（れいふ）〟を使っただろ」

灯里の無知について事情が判明したためだろう。

どうやら眼鏡の彼は、少し丁寧に説明してくれる気になったようだった。

「れいふ？」

「学園から送られてきたやつ……ああ、霊符も知らないのか。こういうやつだよ」

言って、男子は懐（ふところ）から薄い長財布のようなケースを取り出した。

その中身は、灯里にも見覚えのある短冊状の御札のような紙片だ。

「あの改札前のドーム下は、術式増強の結界になってるんだ。力のない者でも霊符が使えるように……で、あそこで君が使ったから、霊符に込められていた力が発動して、この場所への入り口が開いた。言っただろ、『急急如律令』って」

「言ったよ。意味はよく分からなかったけど」

「……分からずに言ったの？」

「うん、そうしろって案内状に書いてあったから。それで急に場所が変わるなんて思わなかったけど……あ、そういえば天井の干支が欠けてたけど、あれには意味があるの？」

灯里の問いに、眼鏡の男子は「子・卯・午・酉だろ？」と言って、続ける。

「あそこにない干支は、それぞれ北・東・南・西に相当する干支なんだってさ。結界を構成する要素として、ちょうどよかったんだろうね」

そういう意味だったのか、と灯里は感心した。

節分の恵方など方角を十二支で表すことはあるが、陰陽師にはもっと馴染みが深い概念なのかもしれない。どう『ちょうどよかった』のかは、灯里は尋ねずにおいた。この調子だと、きっと聞いても分からないだろう、と。

「あ。でも、移動した時、周りの人にはどう見えてたんだろう？」

「人が急に消えると不自然だから、周囲の人間の目にも錯覚させる術がかかってるはずだよ。形代を身代わりにするみたいに」

「へえ、身代わりに。そんな便利な術があるんだ」

「……そこからなんだね、君」

灯里の無知ぶりに男子が呆れたような顔で相槌を打った、その時。

ジリリリ、と発車を知らせる甲高いベルが鳴り響いた。

そのベルが止んだと同時、ガタン、とひとつ揺れて汽車がゆっくりと動き出す。

車窓の中を薄暗いホームの景色が流れ始めた。

やがてホームが見えなくなり、窓の中が完全に闇色になった頃、

「……あの。陰陽師学園ってどこにあるのか知ってる？」

大きな疑問を思い出して、灯里は眼鏡の男子に尋ねた。

この汽車の行き先、学園の所在地だ。

だが、男子の答えは曖昧だった。

「関東甲信越あたりの山奥としか」

「京都じゃないんだ?」

陰陽師と言えば京都ではないだろうか、と灯里は何となく思ったのだが、どうやらそうではないらしい。

男子は「違うよ」と言って説明してくれた。

「東は『開明校』、西は『閶闔校』って、学校が分かれてるんだ。東日本の人間は東京から、西日本の人間は京都から、それぞれの学園に向かうことになってる」

「へえ……ああ、ってことは、この汽車は山に向かうんだ?」

「そう。龍脈の中を通って行くんだって」

「りゅうみゃく……?」

灯里が一向に要領を得なかったからだろう。男子はいよいよ答えるのに疲れてしまったようだ。ため息をつくと、「学校で先生たちに聞いたらいいよ」と言って黙ってしまった。

もっともだ、と灯里も思ったので、それ以上は彼に質問するのをやめた。

「いろいろ教えてくれて助かったよ。俺、遠山灯里。よろしくね」

「え。『俺』って……君、男だったの？」

素で驚いたような眼鏡の男子の反応に、灯里の笑顔が引きつった。

制服ではない時、灯里はこんな風によく間違えられてしまう。慣れてはいるが、それで気にならないわけではない。

「えっと……男だけど」

ひりついた空気を滲(にじ)ませて答えた灯里に、気まずそうに眼鏡の男子は言う。

「そ、そっか。僕は早瀬涼介(はやせりょうすけ)。よろしく、灯里くん」

名前で呼ぶのは少し馴れ馴れしくはないか？

そう思ったのが、灯里の顔に出たからだろう。

「陰陽師は、同じ苗字の人間が少なくないから、名前で呼ぶことが多いんだ。だから、僕のことも涼介でいいよ」

眼鏡の男子・涼介が、苦笑しながらそう補足を加える。

そして、それが会話の結びとなった。

一瞬の沈黙から逃げるように、涼介はそそくさと読書に戻ってしまった。

（やってしまった……）

灯里は自分にしか分からない小さなため息をつく。

ここでも、やはりこうなってしまうらしい。

涼介は別に悪くない。そう灯里の冷静な部分は判断している。彼は思ったことを言ったまでで、男みたいだとか女みたいだとか、気にしなくていいことだとは灯里も思う。ただの個性なのだから。

だが、間違われると強く否定したくなる。

それは、自分が一番コンプレックスに思っていることだからに違いない。

（……こういうのも変われるんだろうか）

少し沈んだ気持ちで、灯里は窓の外に目をやった。

この汽車は、一体どこまで地下を進むのだろう。

窓の外は、相変わらず暗いままだ。まるで終わりのないトンネルの中を進んでいるような気分になるのは、行き先がはっきりと分からないからだろうか。

（そもそも、どうしてこんなことになってるんだろうな）

今、自分は陰陽師の学校に向かっている。

それは学園から入学を許可されたからだ。

しかし、まず、どうして自分がそんな学校に入学を許可されたのか？

案内状が来るまで、そんな学校のことは知らなかったし、知り合いに陰陽師らしき人もいなければ、現実に存在しているなどと思ってもいなかった。

そして当然、灯里は陰陽師などではない。

両親にも確認したが、ふたりとも陰陽師ではなかったし、祖父や祖母も違うそうだ。親戚にも、そのような者はいないという。

ではなぜ？　と疑問をぶつけると、両親は途端に言葉を濁して（にご）しまった。

不審に思った灯里は「まさか俺、血が繋がっていないとか、父さんが違うとか……」と考えたくもない可能性も確認したが、ふたりは「それはない」と断言した。けれど詳細を教えてくれと詰め寄っても、肝心なことには答えてくれず。代わりに「学園に行ってみれば分かるはず」とだけ言われた。

灯里のもとに、陰陽師学園の入学案内が届いた理由……たぶん、両親はそれを知っている。知っていて、それでも教えてくれなかったのだ。

……理不尽だ、と灯里はふたりとの会話を思い出してため息をつく。

だが、結局、義務教育は中学校まで。高校に行くためには、両親の理解と援助が必要だ。そして両親が推奨している以上、自分は怪しげな学園に行くしかない。

灯里は目を閉じた。

寝て起きたら、よくできた夢だったという可能性に賭けて。

☯

何やら周囲が騒がしい気がして、灯里はうっそりと目を開けた。

体感からして、それほど長い時間眠っていたわけではなさそうだ。

目の前にあった車窓の外も、相変わらずの暗闇で、何も見えない。

だが、先ほど出発した直後と異なり、窓の外の音が遠い。反響する壁や天井のない広い空間でも走っているような感覚がした。

では、騒がしかったのは一体――。

「――い……おいっ……おい、灯里くん！」

肩を摑まれ揺すられて、灯里はハッとした。

すぐ目の前に、眼鏡の男子――斜め前の席に座っていた涼介の顔があった。

血相を変えた彼の様子に、灯里は困惑して尋ねる。


（――……なんだ？）

「な、なに？　どうしたの、涼介くん？」

「どうもこうもっ……〝百鬼夜行〟だよ！　龍脈には入ってこないって話だったのに！」

「ひゃ……？」

「この汽車、百鬼夜行に囲まれてるんだ！」

「ご、ごめん、そもそも百鬼夜行って何――うわっ！」

灯里が涼介に尋ねた瞬間、ガクン、と汽車が大きく揺れた。

急ブレーキをかけられたように車輪が線路を滑り、甲高い耳障りな金属の悲鳴を上げる。

やがてその悲鳴が消えた。

涼介にしがみつくように前のめりになっていた灯里は、揺り戻しで座席に背中を打ち付けてしまう。

「痛った……あ、ごめん涼介くん。大丈夫？」

「ああ、僕は大丈夫」

「急停止……事故かな？」

「……灯里くん。まさか視えてないのか？」

ありえない、というように涼介が眉を顰める。

「えっと、視えてないって……涼介くん、それ何の話？」

「説明してる場合じゃない。すぐに先頭車両まで逃げるんだ。学園の先生たちがいるはずだから」

涼介が荷物を担いでいる間に、ピシ、パシ、と汽車が軋むような音がした。

ぞく、と灯里の背筋に、言いようのない悪寒が走る。

まるで体内に冬の冷気を流し込まれたような、異質な不快感。

「……何だこれ？」

「まずい……汽車の結界が破れる！　灯里くん、早く！」

灯里は涼介を追って、座席から飛び出す。

他の座席にいた者たちも我先にと隣の車両に向かっていた。押し合いへし合いしながら隣の車両に移動する。

そのわずかののちだった。

パンッとガラスでも弾けたような硬質な音が響いた。

同時に、身体を芯から震わせるような冷気が車内に立ち込める。

「は、祓え給い清め給え！」

「急急如律令！」

灯里の背後、後ろの車両に残っていた者たちが何やら叫んでいた。

だが、次の瞬間には、ひとり、またひとりと悲鳴を上げ、まるで糸が切れたように倒れてゆく。

(何だ？　何が起きてる⁉)

分からない。

それでも、まずいことだけは分かる。

ここにいては、まずい。

「涼介く――――」

呼びかけると同時だった。

チリッと、まるで産毛の先が電気で痺れるような感覚がして、灯里はとっさに前方へと思い切り跳んだ。頭から飛び込むようにして床に倒れ込むと衝撃に呻いてしまったが、すぐに身体を起こして背後を振り返る。

「なっ……」

見れば、後ろの列車から逃げてきた者たちが折り重なるように倒れていた。

涼介も一緒だ。意識を失っているように見える。

助けなきゃ、と灯里は立ち上がった。

しかし、脚が前に出ようとしない。

（……何か、いる？）

何も視えない。

けれど、灯里には分かった。

視えない何かが、よくないものが、確かにそこにいる、と。

「六根清浄(ろっこんしょうじょう)、急急如律令！」

その瞬間、灯里は床を蹴った。先頭車両に向かって全力で走る。

逃げた先の車両にいた者たちが、次々に手にした御札——霊符をかざして叫ぶ。

直感的に理解したからだ。

自分では涼介たちを助けられない。何も視えない、何が起きているのかも分からない自分には……。

……だが、助けを呼びに走ることならできる。

後方で上がる悲鳴、人々が倒れる音を聞きながら、灯里は脇目も振らずに走った。

脚には自信があった。

中学校の頃は、県のレコード保持者だった陸上部の同級生よりも脚が速い帰宅部だった。特に、逃げ足には自信があった。灯里相手に変な気を起こす者が時々いて、そんな相手から自分の身を護るために必要だった脚力である。

コンプレックスのひとつである小柄な身体も、逃げる上では役に立つ。

そして、戦う術がないのなら逃げるしかない。

先頭車両ならきっと学園の先生がいる……そう涼介が言っていた。早く、異常が起きていること、倒れた皆のことを伝えねば——。

だが、汽車の半分ほどまで来た時、灯里はピタッとその足を止めた。

目指していた次の車両から、人が雪崩れ込んできたからだ。

「な、なんだ？　……あっ！　待って、そっちは危ない！」

灯里は、自分が逃げてきた車両に向かう人々を呼び止めようとした。

新入生ではない、学園の上級生たちである。だが、皆、恐慌に陥ってしまっているようだ。灯里の声は届かず、一目散に行ってしまう。

「……先頭の方が安全なんじゃないのか？　なのに、どうして——」

呆然と皆を見送った灯里は、そのまま動けなくなった。

——背後。

向かっていた車両の方から、先ほどまでとはまるで違う、異様な気配を感じた。

禍々しく重たい空気に、息すらもまともにできなくなる。

つう、と冷や汗が首筋を流れてゆく。

その感触で、灯里は我に返った。

金縛りにあっていたように固まっていた指が動く。脚も大丈夫だ。だが、全身の震えが止まらない。

灯里は、恐る恐る首を動かした。

ゆっくりと背後を見る。

「……何、だ……あれ……」

〝それ〟は、灯里にも視ることができた。

水の中で目を開いたように、あるいは度の強い眼鏡をかけたように、そこだけぼんやりとしていて完全には視認できない。

だが、それでも分かった。

それが、車室ひとつを埋めてしまうほど巨大だということも。

それが、見たこともない形状をしているということも。

それが、化け物だということも……命を奪う側の存在だということも。

「っ――」

灯里は叫ぼうとして、だが失敗した。

本物の恐怖を感じた時、人はどうにも声が出なくなるらしい。息が吸えずに苦しくとも、それを認識するより恐ろしさが勝るようだ。

指も、脚も、もう動かない。

瞼すらも、凍ってしまったように開いたまま固まっている。

灯里は、人生で初めての金縛りにあっていた。

(どうしたらいい……どうしたら……)

合理的に考えようとする灯里の頭を、しかし別の言葉が塗り替えてしまう。

(……どうして、こんなことに?)

ただ、入学する学校に向かっていただけのはずだ。

なのに、どうして自分はこんな状況に陥っているのだろう?

灯里は考える。

もしかしたら、これは、よくできた悪夢なのかもしれない。

あの汽車が発車した時から、自分は眠ったままなのではないだろうか。

あるいは、夢の中で悪夢を見ているのかもしれない。

陰陽師の学園などというものは存在しなくて、実は実家のポストに手紙が届いたというのも夢で、随分と長い夢を見続けているだけなのかもしれない。

そう思わないとおかしくなってしまいそうな状況だ。

「理不尽すぎる……」

喉からようやく絞り出した声で、灯里は弱々しく呟いた。

諦めの気持ちと、それを否定したい気持ちとが綯(な)い交ぜになる。これは夢ではないと分かっていた。けれど、人生こんなところで終わりたくない。こんな、何も分からないままでは――。

凜(りん)とした声が響いたのは、その時だった。

「バン　ウン　タラク　キリク　アク」

瞬間、強張るように固まっていた身体が、ふっと楽になった。突然の身体の脱力に、灯里は地面に膝をついてしまう。

一体、何が起きた？

疑問に思っている間に、また声が聞こえた。朗々と響く声だ。

「不空なる御方よ(オンアボキャ)　毘盧遮那仏よ(ベイロシャノウ)

偉大なる印(マカボダラ)を有する御方よ　宝珠(マニ)よ　蓮華(ハンドマ)よ

光明（ジンバラ）を　放ち給え（ハリバリタヤ　ウン）——」

パパパ、と半透明な化け物の周囲を取り囲むように、無数の霊符が宙に展開する。

重力を無視した不思議なその光景に、灯里は目を奪われた。

と、結ぶように静かな声がした。

「——急急如律令」

何が起きたのか、灯里にはよく分からない。

ただ、強い光が視えた気がした。

その光が化け物を射抜き、穿（うが）ち、この場から消し去ったのだろう。

目の前にはもうあの異質な気配はなかった。灯里の身体を縛っていた悪寒も消えている。息も簡単にできるようになっていた。

荒く呼吸しながら、灯里は考える。

一体、何が起きた？

「君」

「うわっ!?」

背後から聞こえた声に、驚いた灯里は床を這うように飛び退いた。

喉で堰（せ）き止められていた声も、叫ぶと同時に元に戻ったらしい。心臓をバクバクさせながら灯里が振り返れば、そこには見覚えのある顔があった。

「あ……ホームで会った……」

あの、真冬の夜のような男だった。

涼し気を通り越した冷たく感情の窺えない目で、じっと灯里を見下ろしている。

「君は、いつまでそうしているつもりですか」

「え……あ、はいっ！　すみません！」

灯里は慌てて立ち上がる。

少し膝が笑っていた。ふらつきそうになるのを何とか堪える。

「瘴気に当てられてはいないようですね」

灯里の目をまじまじと覗き込んで、男は納得したように頷く。

男の言葉の意味は灯里には分からなかった。だが、自分の状態に問題はないということだろう。

「あ、ありがとうございます。あの、さっきのは――あっ！　それよりも、学園の先生ですか？」

「そうですが」

「後ろの車両、みんな倒れてるんです！　助けてください！」

灯里は焦りながら報告する。あっちで涼介を始めとした子どもたちが気絶している、と。

だが、対照的に、男は落ち着き払った様子だった。

話を聞いているのかいないのか。慌てて後部車両に走っていくような素振りは微塵もない。

「……あの、先生。俺の話、聞いてました？」

黙ったままその場に佇んでいた男に、灯里は困惑して尋ねる。

「聞いていましたよ」

「じゃあ、助けに……」

「その必要はありません。もう済んでいますから」

え、と灯里は頓狂な声を上げた。

男の背後を覗き込むようにして、後部車両の様子を確認する。

倒れ込んでいた者たちが、うんうんと呻きながらも起き上がっていた。

「……いつの間に？」

「君がそこで情けなく腰を抜かしている間にですね」

灯里は、思わず男の顔を見た。

……なんだろう。ちょっと馬鹿にされた気がするのは気のせいだろうか？

と、その時、周囲が途端に賑やかになった。

「すみません！　こっちはもう大丈夫です！」

「結界の修復も終わりましたよ」

車両の前後から二名、こちらにやって来る者たちがいた。

ひとりは助けてくれた教師よりも若くて体格のよい男性。もうひとりは、灯里の母と同年代に見える女性だ。どうやらこのふたりも学園の関係者のようである。

「まさか百鬼夜行に遭遇するなんて……いやあでも、さすがですね雪影(ゆきかげ)先生！　鬼になりかけていたあの怨霊を一撃で仕留めるとは！」

「一撃と言っても、霊符を消費しました。龍脈の中で相手も弱っていましたし、大したことではありません」

「大したことですって！　静子(しずこ)先生もそう思いますよね？」

「ええ、瑞樹(みずき)先生の言うとおり。普通は、あの短時間では無理ですよ。我が校一の陰陽師にしかできない芸当でしょう」

そんな三人の大人たちの会話を、灯里は傍らで黙ったまま聞いていた。

灯里を助けてくれた男は、苗字か名前かは不明だが、どうやら雪影というようだ。

他のふたりもそれぞれ会話の中で名前が聞こえてくる。男性教師の方は瑞樹、女性教師の方は静子というらしい。

先生という呼称からして、全員、学園の教師であり陰陽師なのだろう。三人の様子を眺めながら灯里はそう判断する。

「さて……不測の事態で遅延が出てしまいましたね。瑞樹先生は汽車を走らせてくださ い。私と雪影先生は、負傷者がいないか確認をしましょう。瘴気は祓いましたが、転倒した際に怪我をしている子がいるかもしれませんからね」

どうやら引率教師の代表は静子らしい。彼女に促されて、瑞樹は「分かりました！」と返事をするなり先頭車両の方へと走っていった。

と、静子が灯里に目を留める。

「あら？　あなた、もしかして――」

じっと灯里を見て、彼女は何かに気づいたようだった。

何だろう、と灯里は身構える。

と、にっこり微笑まれた。

「怪我をしていますね。腕、強くぶつけたりしませんでしたか？」

「え？　……ああ、そういえば」

言われて、灯里は思い出した。

先ほど、頭から飛び込むように床に倒れ込んだ時だ。

腕に痛みはないが、確かにあの時、床に強く打ち付けていたように思う。

「今は興奮で麻痺しているような状態ですが、そのうち痛みが出てきますから、手当てをした方がいいでしょう。雪影先生。お願いできますか」

「……私ですか？」

静子から頼まれた雪影は、どこか不服そうな顔で答えた。

「ええ。私は他の生徒を見てきますので」

「破邪と異なり、私の治癒の腕はそれほどでもありません。他を見てくるのは私が――」

「それならば、なおのこと私が行きましょう。怪我人が少なくないとも限りませんからね。軽傷のこの子は頼みましたよ」

なぜか強めに言って、静子はその場から足早に去ってしまった。

残された雪影は、整った顔に似合わず途方に暮れた顔をしている。

だが、そんな顔になりたいのは灯里の方だった。

手当てを任された雪影が嫌がっているのが分かる。理由は不明だが、これから世話になるかもしれない教師にここまで煙たい反応をされたとあっては、何も思わない方が無理だった。

「あの……手当て、俺、別にいいです。痛くないですし」

「……そこに座ったら、袖を捲って、ぶつけた箇所を出してください」

ため息をついて、雪影は言った。

居心地が悪かったが、灯里は言われたとおり、傍らの座席に座って袖を捲った。

雪影がその対面の席に座る。

そうして彼は灯里の腕を取ると、そこに右手をかざした。

「一二三四　五六七八　九十　布瑠部　由良由良止　布瑠部……」

左手の指を二本立て、それを口元に当てて、雪影は囁き始めた。

何をしているのだろう？　と灯里は疑問に思いながら、雪影の行為を見つめる。

と、手をかざされた部分に温かいものが流れてゆく感覚があった。

湯にでも浸けているように心地のいい感覚だ。

それにこの感じ、何だか懐かしいような……。

……そう灯里が思っていると、やがて雪影が手を下ろした。

「君自身の治癒力を高めました。これで痛みは出ないはずです」

「あ……ありがとうございます」

腕を擦（さす）りながら、灯里は頭を下げた。

陰陽師は便利な術を使えるようだ。術をかけられた腕がポカポカと温かい。雪影は静子に得意ではないと言っていたが、灯里にも効果は十分感じられる。

「君。さっきはどれくらい視えていましたか？」

突然の質問に、え、と灯里は目を瞬いた。

雪影がじっと見つめてくる。

「さっきの？　えっと、怨霊ってやつですか？」

「そうです。はっきりと視えていましたか？」

「いえ、はっきりとは……半透明の、靄（もや）のような感じでした」

灯里の答えに、雪影は「なるほど」と頷いた。

だが、何に納得しているのかは灯里には分からない。

「さっきのあれ、他の人にはもっとはっきり視えていたんですか？」

先ほどの出来事、その詳細を思い出しながら灯里は尋ねた。

自分以外の者たちは、皆、同年代ながらも迅速に反応していたように思う。寝起きではなかったから反応できた、というわけでもないだろう。

その疑問に「ええ」と雪影は肯定した。

「あれが半透明程度にしか視えなかったのは、この汽車では君だけでしょうね」

「やっぱり……でも、なんで？」

「他の者たちには見鬼の才があります。でも君にはない、それだけですよ」

「けんきの、さい？」

「〝鬼〟に成る前の存在を視認する才能、その力の名です」

「えっと……他の人たちにその力があるのは、陰陽師だから、ですか？」

「その認識は、ある意味では正しく、ある意味では誤りでしょう」

雪影の回りくどい答えに、灯里は首を傾げる。

その様子に、雪影は面倒臭そうな表情になりながらも説明してくれた。

「陰陽師と呼べるのは、陰陽師としての修行を修めた者だけです。そして、この汽車に乗っている者たちは、これから学園で修行をする者たち……そのような未熟な状態でも、ある程度の力が使えるのは、そういう陰陽師の家で育ってきたからです」

「なるほど……あの、雪影先生。ちょっと訊きたいことがあるんですけど」

「訊きたいこと？」

訝るように、雪影は眉根を寄せる。

ここに至るまでに抱えてきた疑問について、灯里は意を決して尋ねることにした。

「すみません、いろいろあるんですけど」

「はあ。手短にでしたら、どうぞ」

ああ、この人ちょっと苦手だ……と灯里は思った。

しかし切り出してしまった以上、最後まで訊こうと堪えることにする。知っていて、それを教えてくれる人というのは貴重だ。

「えっと、俺、陰陽師の家の人間じゃないんですけど」

「皆、陰陽師の家系というわけではありません。何らかの力を持つ家柄の者が大半ですが、一般家庭の人間が学園に入学することもある。君だけが例外というわけではありませんよ」

「そうですか……でも俺、陰陽師の力みたいなものも、たぶん、ないんですけど……」

言いながら、灯里は俯いていった。

自分が随分と場違いな人間に思えたからだ。

陰陽師。

そんなものが本当に存在することに、わくわくした。

不安の中でも、もし自分がそんなものになれたらカッコいいだろうと期待した。

……でも、そもそも才能がないのなら土台無理な話ではないだろうか、と灯里は思う。

入学の案内状が届いたのも何かの手違いで、この汽車に乗る資格すら本来はなかったのではないだろうか、と。

その時、ガタン、と汽車が揺れた。

止まっていた車輪が回りだした音と、振動が伝わってくる。

学園に向かって、汽車が再び走り始めたようだ。

「力なら、あります」

聞こえてきた言葉に、灯里は顔を上げた。

灯里を見下ろしてくる雪影の目は、相変わらず冷ややかだ。

だが、今の発言は、確かに彼のものである。聞き間違えではない。

「……それって、どういう意味ですか？」

「そのままの意味ですよ。君には、陰陽師になる才能がある。でなければ鬼になりかけていた怨霊とはいえ〝隠(おん)〟の状態にあるものを視ることはできませんからね」

「おん……？」

「隠――姿を得て鬼となる前の、目に見えぬ状態の霊のこと……ここで仔細に授業をして差し上げるつもりはありませんので、知りたければ学園で学んでください」

そもそも鬼とは一体？　と訊こうとした灯里を、雪影はにべもなく制した。

仕方なく灯里は言葉を呑み込む。

代わりに、別の質問をした。

「半透明でも、視えていたことになるんですか？」

「普通の人間では、せいぜい嫌な予感がするとか悪寒を感じたりするくらいでしょうね。他の者たちと比べれば、君に見鬼の才は確かにない……しかし、隠の輪郭を捉えただけでも、一般人と比較すれば力は十分にあると言えます」

「じゃあ俺、陰陽師になれるってことなんですね？」

訊いてから、しまった……と灯里は思った。

お前には無理だ、と言われた場合のことを考えていなかったからだ。

（この雪影先生って人、口調は丁寧だけどお世辞とか言わなそうだし……無理って言われたら、ちょっと凹む……）

気持ちだけの問題ではない。

そもそも汽車で向かっている学園に用はなくなってしまうし、進学するために改めて別の方法を考えなければいけない。

緊張しながら、灯里は雪影の答えを待つ。

まるで、受けることのできなかった入学試験の結果でも待っているようだった。胸が苦しい――。

「それは君の頑張り次第です」

それが雪影の答えだった。

緊張で吐きそうだ……と思っていた灯里は、彼の言葉にほっと胸を撫で下ろす。思わず座席に沈み込むように脱力した。

「よ、かったぁ……俺、なれるんだ。陰陽師に」

「いえ、ですから、君の頑張り次第だと――」

「俺、先生みたいなカッコいい陰陽師になりますね！」

舞い上がった灯里の言葉に、雪影は面食らったように目をぱちくりさせた。

だが、わずかな逡巡を見せるも、不機嫌そうな顔を灯里に向ける。

「……調子のいいことですね」

「少しくらい調子がよくないと、この先の人生困りますし」

一般の高校への受験は敵わず。

入学案内状が届き両親から入学を勧められるも、それは謎の学園で。

その謎の学園は、陰陽師を育成するという、嘘のような本当の学校で。

そしてどうやら、この汽車の中で自分が一番、陰陽師というものから遠いらしい。

ならば、自分の心持ちくらい前向きでないと、どうにもならないし、どうすることもできないだろう。そう灯里はやけくそ気味に思った。

「それに俺、怨霊だとか鬼だとか、本当にいるって知っちゃいましたしね」

先ほどの体験を思い出す。

よくできた立体映像などではなかった。

肌で感じた、あの産毛が総毛だつような恐怖は本物だ。体内に流れ込んでくる凍りつくような冷気を思い出すだけで、身体が震えそうになる。あの時、灯里は直感的に死の気配を感じていたのだろう。

「でも、陰陽師としての力があれば、そういうのも倒せるって分かりました……だから俺、強くなりたいです。雪影先生くらい」

力があれば、自分の身を護れる。

逃げ回る必要もなく、敵を退けることができる。

灯里は、そういう強さを欲していたのだ。

世の中には強い女もいるし、弱い男もいる。その逆もある。強さはその人間次第だ
……それを灯里は多少なりとも知っている。知らないほど子どもではない。

けれど、女みたいだと言われるたび過剰に反応してしまうのは、自分が、弱い自分の

ことを嫌っているからだ。

灯里は、己の弱さを自覚していた。だから強くなりたいと希(こいねが)う。

「なるほど。雪影先生くらい、ですか」

灯里をまじまじと見ながら、雪影は呟いた。

俺、もしかして失礼なことを言ったかも……そう灯里が失言を危ぶんだ時だった。

ふう、と雪影が深々とため息をついた。

「す、すみません、先生くらいなんて軽く言って」

「いえ。それは別に気にしていませんが」

「えっと……じゃあ、無理だって思ってますか？」

「いいえ、思っていませんよ。ただ、随分と無茶を言うと思っただけで」

ため息の理由を聞き、灯里はがくりと項垂(うなだ)れた。

「それ、ほとんど無理と同じじゃないですか……」

「違いますよ。私は、君の力が私に並ぶという可能性を否定しません。ですが、普通にやっていては無理でしょうね」

「じゃあ、どうしたらいいんですか？　普通じゃないやり方って言われても……」

「簡単ですよ」

「え。あるんですか、いい方法？」

雪影の言葉に、灯里は前のめりで尋ねた。

すると、雪影は、ふっ、と微かに笑みを浮かべ、

「死ぬ気で頑張りなさい」

やわらかな口調で、そう言った。

整った顔に浮かぶ笑みは、見る者が見れば魅力的に映ったことだろう。

……だが、灯里には、そうは映らなかった。

笑顔の中で、雪影の目は笑っていなかった。本当に、死ぬほどの努力を積まねば、彼に追いつくことは敵わないのかもしれない。

そもそもが最底辺からのスタートなのだ。雪影どころか、他の生徒たちに追いつけるかどうかも難しいのだろう。けれど、

「分かりました。死ぬ気で頑張ります」

灯里は、迷うことなく応じた。難しいと分かっていても、この道から逃げたくはなかったから。

と、その時だ。

闇一色に染まっていた車窓に、光が満ちた。

「龍脈から抜けましたね」

目を細めた灯里の傍らで、雪影が言う。

車窓に緑色のものが流れてゆく。

汽車は今、山林の中を走っているようだ。

「……陰陽師に馴染みの深い思想に、『言霊（ことだま）』というものがあります」

ぼんやり景色を見ていた灯里の耳に、雪影の声が届いた。

「ことだま？」

「発したその言葉には力が宿ります。大事にしなさい」

そう言い残して、雪影は立ち去った。先頭車両の方へと消えてゆく。

言われた言葉に首を傾げながら、灯里も元の車両へと戻ることにした。

新入生だけの車内は、先ほどの騒ぎで持ち切りだった。

百鬼夜行なんて初めてだとか、どんな術を使ったとか、汽車が東京駅の地下ホームを出発した時の静けさはもはやない。どうやら、怪我人らしい怪我人も出ていなかったようだ。

安心して座席に戻ると、そこには涼介がいた。

彼は灯里を見るなり軽く手を振り、ほっとしたように笑った。

「あ、灯里くん！　大丈夫だったんだね。姿が見えないから心配してたんだ」

「涼介くんも、何ともないみたいでよかった」

「瘴気に当てられて気絶してたみたいだね……でも、学園の先生が車内をまとめて浄化してくれたみたいだから、もう平気だよ。汽車全部を一気に浄化なんて、すごいよね。そんな広範囲、普通は数人がかりじゃないと無理なのに、女の先生がひとりでやっちゃってさ」

浄化したのは、恐らく静子だろう。

あの人もすごい陰陽師なんだな、と灯里は涼介の反応から実感する。

「でも、怨霊の調伏は見たかったな。気絶してるうちに百鬼夜行も消えてるし」

「あ。それなら見たよ」

「えっ、本当に？　どんな感じだった？」

「よく分かんなかったけど、すごかった気がする」

「曖昧すぎる……ああ、でも灯里くん、百鬼夜行も視えてなかったもんね」

「そうなんだよね。で、百鬼夜行って何なの？」

「そこからなんだ……」

涼介の同情するような言葉に、灯里が苦笑した時だった。

車内がにわかに色めき立つ。

どこかの座席から「あれか！」と声が聞こえてきた。

「あ、灯里くん。ほら、あれ。学園が見えるよ」

涼介が示す車窓の中の景色、それを灯里は覗き込む。

汽車の目指す方角に、古都のような景観が広がっていた。

山を切り開いて敷いた土地なのだろう、周囲を山々に囲まれた山紫水明の盆地に、木組み細工のような美しい建造物が鎮座していた。

（あれが、陰陽師学園……俺が通う陰陽師の学校か……）

日差しを受けて眩く輝く学舎に、灯里は目を細める。

不思議な学園生活の始まりを告げるかのように、汽笛がひとつ鳴り響いた。

陰陽師学園　汽車時刻表

◎東京駅（零番線ホーム）発　陰陽師学園行

第一便　朝　巳の初刻（始発）

第二便　昼　未の初刻

第三便　夕　酉の初刻（終電）

◎陰陽師学園発　東京駅行

第一便　朝　辰の初刻（始発）

第二便　昼　午の初刻

第三便　夕　申の初刻（終電）

◎陰陽師学園発　学園外演習場行

※運行は不定期です。
学園事務局・汽車運行担当までご確認ください。

第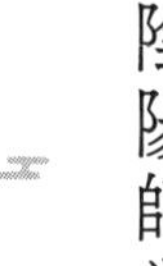章　陰陽師学園

風光明媚な山奥の盆地に、古都のような巨大な学園がある。

だが、広大な敷地に反して、その場所は一般にはあまり知られていない。

国土地理院が管理する地図を始め、どこにもその所在は記されておらず、空から見つけることもほぼ不可能だという。人や動物だけでなく人工衛星の目も惑わす結界が、盆地一帯を隠蔽（いんぺい）しているからである。

学園と外との往来は、地中を流れる気の道・龍脈を通る汽車への乗車が推奨されている。だが、その汽車の乗車ホームを探すことは、その存在すら知らない一般人にはほとんど不可能だった。

そんな学園に通うのは、陰陽師を目指す十代後半の少年少女たちだ。

ここは、陰陽師学園・開明校——東洋の島国・日本において、古から伝わる神秘を継承する場所のひとつなのである。

「すごいな……」

汽車から降りた灯里は、思わずため息交じりに呟いた。

石畳のホームの先に、巨大な楼門が見える。駅の北口にある改札は、そのまま学園の南側に開かれた正門でもあるらしい。

楼門の向こうには、神社や寺院のような荘厳な建築群が見える。

楼門の周囲に広がる清らかな水辺には朱塗りの橋が架かり、樹齢の長そうな巨木が至る所から顔を覗かせていた。

一帯の空気はきりりと澄んでいて、吸うたびに身が引き締まるようだ。

「皆さん、しっかりついて来てくださいね。迷うと厄介ですから」

そう呼びかけたのは、静子である。

彼女を引率の先頭にして、灯里たち来訪者は学園の敷地を進んだ。しんがりは瑞樹が務めていた。雪影は先に行ってしまったのか、まだ汽車の中にでも残っているのか、その姿は見えない。

楼門の先をしばらく進むと、中門があった。

抜けた先は白砂の敷かれた広場で、そこを囲むように神社の社殿のような建物が立っている。

灯里たちは広場でお祓いのような儀式を受けたあと、ひとりずつ正面の建物の中へと進み、一番手前の建物——事務棟で入学の手続きを行った。

手続きが終わったあと、新入生一行は学園の中を案内された。

周縁を森と大小の山々に囲まれた、五百メートル四方もある広大な学園。

その中は、まるで平安時代あたりに建てられた御所のような姿をしていた。建物と建物の間を吹きさらしの渡り廊下が繋ぎ、その下を敷地外から引き込んだ水が流れている。

まず、敷地の中央に集まった無数の社殿のような建物が、この学園の中枢に当たる校舎だ。

中門前の広場に近い順に、事務棟、職員棟、食堂、と奥に続き、その北・東・西にそれぞれ学年ごとに分けられた教室棟がひとつずつ。その他にも美術棟や専門学習用の棟が連なっている。

建物の間に敷かれた白砂の広場は、中門前も含めて五ヶ所。いわば運動場のようなもので、呪術などの授業に使われているらしい。

そして、校舎の裏手、敷地の北に位置するのは寮だ。陰陽師学園は全寮制である。学生だけでなく、教職員も寮で暮らしているという。

広大な敷地内には、まだまだ他にも施設があるようだ。だが、時間の関係上、すべてを案内はされなかった。

新入生たちはその日のうちに振り分けられた寮へと入り、翌日の入学式に備えて制服や教科書などの受け取りを済ませなければならなかったからだ。

こうして灯里の学園生活は始まった。

そんなこんなで毎日が息つく間もなく目まぐるしく進み——陰陽師学園に入学してから、あっという間に三週間が経過したのだった。

標高が高い場所にある学園内の桜の花は、四月も下旬に差し掛かる今がちょうど見頃だ。

桜の木は山の気を吸い上げて、その気を開花により学園内に循環させているという。

そのためか、あるいは美しい景観そのもののためか。学園内は暖かな陽の気で満ちているようだった。

……残念ながら、灯里には気の流れなどはまるで視えないので、感覚的にしか分からないのだが。

「いいなぁ……」

すい、と目の前を飛んでゆく小さな鳥を、灯里はうらめしげに目で追う。

昼休み、食堂に行く道中でのことだった。

陰陽師学園の敷地内には、鳥が多い。色も種類も様々だが、いずれも人工の生命体

——陰陽術で生み出した式神である。

「灯里は、まだ出せないいんだっけ？」

そう灯里に話しかけたのは、涼介だ。

彼は、桜餅のような色柄の小鳥を指先に載せている。鳥の種類は、コザクラインコというらしい。

学園での灯里は、この涼介と一緒にいることが多かった。学園へ向かう汽車の中では付けられていた〝くん〟という敬称も取れて、お互いに名前を呼び捨てするようになっている。

「うん……式神の授業でも、出せなかったの俺だけだよ」

「まあ、仕方ないんじゃないかな。灯里は本当よくこの学園に入れたねって思うし――痛いっ！」

涼介の悲鳴と同時に、小鳥が飛び立った。

指先を押さえた涼介が涙目で呻く。

「……僕だって、こんな風に式神に噛まれてるわけだし。技量不足だよ」

「他のみんなも似たような感じみたいだし、まるで出せないのとは別じゃないか？」

「生傷が増えないだけマシかもしれないよ……」

「でも、涼介は傷ができても術で治せるだろ？」

陰陽師は治癒術を使える。

汽車で雪影が使っていたようなもので、基本的には人の持つ自然治癒力を高めるものだという。灯里は使えないが、涼介は別だ。彼は学園入学の前からある程度の術を知っていて、その中には治癒術もあった。

だが、涼介は苦笑いを浮かべながら首を振る。

「いやいや。僕程度の力じゃ噛まれる前に、前の傷が治りきらないから。傷の数は増える一方だね」

ならば式神を出さなければいいのでは……という話にはならない。それでは修行にならないからだ。

陰陽師学園は、卒業まで三年の全日制高校である。

進級から卒業までは、普通の高校とおおよそ同じ流れだ。

しかし、その授業内容は普通の高校とはまるで異なる。

履修を定められた科目は、一般教養ではなく、一人前の陰陽師になるための知識や技術の取得を目指すものになっているのだ。

具体的には、『占術』では式占術・易占術・占星術について、『呪術』では祝詞や真言といった呪文の理解と使用について、『符術』では霊符の作製について――といったように、専門科目が用意されている。

もちろん先の科目は一部であり、全科目を合わせると十を超えた。これら全科目で及第点を取り進級・卒業すれば、陰陽師の認定試験の受験資格を得られる。

それに受かれば、晴れて陰陽師として国から認められるのだ。

「しかし、授業以外では式神を常に出しておくようにって……なかなかしんどいよ、これ」

飛び立った式神を呼び戻しながら、涼介が気だるげに言った。

彼が式神を出しているのは、午前中の最後の授業が『使役術』だったからだ。

『使役術』の授業では、式神を使役する技術の習得を学ぶ。

式神とは、陰陽師の命令を受けて動く神霊のことだ。式、式の神、識の神とも呼ばれる。

この式神を使役する方法には、『生成』と『召喚』の二種類がある。

前者は、術者の念のみ、あるいは式札という紙を依り代にして念を込め、生き物として操る。対して後者は、鬼神など位の低い神霊に命を下して使う。

灯里たちが授業で習ったのは、前者の式神生成による使役術だ。

とはいえ、涼介を始め他の生徒たちは、鳥の形の式神ならば授業を受ける前から出すことができた。完璧に言うことを聞かせられる者は少ないが、みな伝令係くらいは任せられるようだ。

しかし、そんな中、灯里は式神を出すところで躓いている。

そしてこの使役術どころか、その他の授業も壊滅的に不出来だった。

「先週の授業をきちんと覚えているか確認しましょうか。〝ドーマン〟こと〝九字護身

法〟における呪文に対応する印相を答えてください……遠山くん」

「すみません、分かりません」

『呪術・基礎』の若い女性教師に当てられた瞬間、灯里は即座に白旗を上げた。

ドーマンこと九字護身法と、その呪文は、灯里も先週の授業で教わってから覚えている。

指を二本立てて作った刀印で宙に四縦五横の格子を描き、「臨・兵・闘・者・皆・陣・烈・在・前」と唱えるのだ。基本的に中学までに習った漢字と簡単な動作だったこと、あと陰陽師っぽさがカッコよかったので、覚えるのも苦ではなかった。

しかし、それ以上の知識は簡単にはいかなかった。

「そうですか……それぞれ独鈷印、大金剛輪印、外獅子印、内獅子印、外縛印、内縛印、智拳印、日輪印、宝瓶印が対応する印相です。覚えてくださいね」

流れるように手で形を作って九つの印相を結び、教師は言った。

はい、と答えて椅子に座りながら、灯里は小さくなる。

嘲笑するような吐息が、教室の至る所から聞こえる。同級生たちにとって、今の問題は常識のようだ。

「それでは、ドーマンと対ともいえる呪術図形〝セーマン〟について答えてもらいましょうか。晴明桔梗とも呼ばれるこの五芒星は、陰陽五行における相剋の理を表していますね。さて、その呪文と意味は何だったでしょう？」

当てられた女生徒が「はい」と答えて立ち上がる。

「唱える呪文は『バン・ウン・タラク・キリク・アク』——これは真言の呪『五部総呪(ごぶそうじゅ)真言』で、金剛界五仏の梵字(ぼんじ)に当たります。バンは大日如来、ウンは阿閦(あしゅく)如来、タラクは金剛界四仏、キリクは阿弥陀如来、アクは不空成就を意味します」

灯里と違って、自信に満ちた回答だった。

だが、教師も納得しているものの、賞賛したりはしない。覚えていて当たり前といった様子だ。

この『呪術・基礎』の授業では、呪術の基礎を学ぶ。

そのため、祝詞や真言、呪術図形などを覚えることになる。

英語と国語の現代文・古文・漢文に、象形文字や手話等がまとめられたような授業は、呪術的な教養を持たない灯里には初めて触れる知識ばかり。周囲よりも遅れているのが、目に見えて分かった。

……さらに、足りていないのは知識だけではない。

ある日の午後、学園にうららかな陽気が漂っている頃。

「おい遠山！　そこ危ないぞ！」

カラ、と崩れた足場に冷や汗を落とす灯里へ、若くて体格のよい教師から注意が飛んだ。入学時の汽車で引率者だったひとり、瑞樹である。

危ないなんていうのは、灯里だって言われずとも分かっている。

……何せ、ここは崖だ。

陰陽師学園の運動場は、学園を囲む山の中だった。

人の手の入らない、剝(む)きだしの自然。その中で、道なき道を進み、川を渡り、岩場をよじ登るのが、この学園の体育の授業である。

山伏(やまぶし)というのは山岳で修行する修験道の行者だが、近年の陰陽師も同様の修行をしているらしい。だが、古の陰陽師がそのような修行をしていたかというと、そういうわけでもないという。

ではなぜ、このような肉体的な訓練をしているのか。

現代人は自然から離れた生活をしているため、昔の人間と比較して体力が平均的に落ちている。それで、このように過激な体育の授業を行っているのだそうな。

「限度ってものがあるだろ……」

恐る恐る安全な場所まで足を運んでから、灯里は止めていた息とともに愚痴を吐き出した。

普通の高校であれば「あり得ない」、「体罰だ！」などと保護者から苦情が飛んできそうな授業である。体力がなければまずはマラソン辺りからでいいではないか、と灯里自身も思っている。直接、生徒本人からクレームを入れたい。

だが、残念なことに、ここは普通の高校ではない。

同級生たちも、灯里以外は文句も言わずに岩場を進んでいる。これが必要なことで、当然の授業だとでもいうように。

最後尾の灯里は、そんな彼らの背を信じられない気持ちで見つめていた。

「遠山、遅れると遭難するぞー！」

「はぁいっ！」

瑞樹へとやけくそのように叫んで、灯里は皆の後を追った。

疲労から、既に脚が鉛（なまり）のように重い。自衛隊には登山訓練なるものがあるというが、灯里はそれを思い出していた。自分は決して自衛隊学校に入ったわけではないはずなのだが……。

他の授業は一コマ四十五分で、長くても二コマ。だが、この体育の授業はたっぷり半日を使って行われる。それだけの長い時間を山の中で過ごすのだ。

学校に帰り着く頃には、身体は泥だらけ。灯里は言わずもがな、クラス全員が無言になっていた。

☯

陰陽師学園には四つの寮があり、生徒ひとりに一室ずつ部屋が与えられている。

寮の名は、青帝寮、白帝寮、赤帝寮、黒帝寮。

それぞれ四神――青龍(せいりゅう)、白虎(びゃっこ)、朱雀(すざく)、玄武(げんぶ)が対応するとされており、各寮の建物は至る所にその象意がちりばめられた造りとなっている。

生徒は、入学時にそれぞれの寮を割り振られる。

これは〝六壬神課(りくじんしんか)〟と呼ばれる占術によって行われていた。

式盤という道具を用いて占星術のホロスコープに近い〝天地盤〟という天文情報を作成し、そこに干支(かんし)術を組み合わせて占うのである。

さて、灯里が与えられていたのは、寮の中でも南に位置する朱雀を冠した赤帝寮の一室だった。

「いや無理でしょこれ……死んじゃうって……」

寮のベッドに倒れ込んで、灯里はため息とともに吐き出した。

体育の授業の後、浴場で全身の泥を落としたあとのことである。ひとり部屋なので、他には誰もいない。聞く者がいないので、愚痴も文句も吐き放題だ。だが、そんな元気も体力も、今はない。

疲労でとろとろと眠りに落ちそうになりながら、灯里はぼんやりと考える。

まだ入学して一ヶ月も経っていない。

けれど、既に逃げ出したい気持ちになっている。

授業の進度に対して自分がただ劣っているのなら、努力で何とかなると思っていた。

けれど現状、努力でどうにかなる以前の問題に思える。

能力が足りないのではなく、足りなすぎるのだから。

「どうにかなるもんじゃないよな……」

木の天井を眺めながら、灯里は呟く。

同級生との比較、これからの授業。憂鬱だった。

もしかしてひとりくらい自分と同じような境遇の、ずぶの素人がいるのでは？　そう

入学当初の灯里は期待していた。

だが、いなかった。

同級生たちに訊いて回れば、皆、代々陰陽師の家系、ないし、親戚に誰かしら陰陽師がいる家柄だという。

そもそも陰陽師学園は、そういう家の子が願書を出す学校だという話だった。言い方を選ばなければ、入学資格には縁故が必要なのだろう。

もちろん、例外はあるという。

陰陽師としての才能に溢(あふ)れた者には、願書を出さずとも学園側から入学案内が送られるというのだ。灯里はこちらのパターンのようだった。

しかし、不可解なのは、灯里にはそのような才能が見受けられないことだ。

才能のなさを感じているのは、灯里自身だけではない。

涼介を始めとした同級生、そして授業を担当する教員たちも、灯里の授業の様子を見ては眉を顰めている。

(なんで俺、この学園に入れたんだろう……)

灯里は何度も頭を過(よぎ)る疑問について考えた。

それと同時に、入学手続きの際のことを思い出す。

あの日、手続きのために通された学園長室で、灯里は仙人のような白髪白髭の学園長・土御門（つちみかど）に会った。

その土御門学園長は灯里を見て、目を細めながら言った。

『大変だろうが、頑張りなさい』

学園長のその言葉からして、きっと自分の入学は間違いではないのだろう。そう灯里は思う。思う……が、間違いではないとして、なぜ才能のない自分が入学を許されたのか？

学園までの汽車の中で起きた出来事についてもそうだ。

汽車が学園に着くまでの間に、灯里は涼介に詳しく説明してもらったのだが、あの時、汽車で騒ぎになっていたのは〝百鬼夜行〟という現象だった。

〝百鬼〟とは、神霊が零落した存在のこと。

いわゆる怨霊や妖怪といった類のことで、これが寄り集まり群れとなったものが百鬼夜行だという。本来であれば陽の気に満ちた龍脈には現れないのだが、それが汽車を取り囲んで停車させたらしい。

その理由は不明だが、つまりあの瞬間、汽車の内外には怨霊や妖怪がいた……そして、灯里以外の生徒には、その怨霊や妖怪が視えていたというのである。

ハッキリと視ることはできずとも、それを感じることができた灯里には、陰陽師になる才能自体はある――汽車で助けてくれた教師・雪影はそう言っていた。

だが、その程度の実力で、わざわざ学園側が見いだすことがあるだろうか。例外の入学案内など、些(いささ)か分不相応な気がする……。

と、眠りそうになっている灯里の耳に、扉を叩く音が届いた。

「灯里、いる？　晩御飯の時間だけど、食堂に行かないか？」

涼介の声だった。

彼も同じ赤帝寮の寮生だ。

「ああ、うん。俺も行く」

灯里は答えながら、ベッドに沈み込みそうな重たい身体を起こした。

明日は最も憂鬱な授業があるのだ。何も食べずに、このまま眠ってしまうわけにはいかなかった。

翌日は、音楽の授業から始まった。
音楽ということで、最初の授業は灯里も気楽にその始まりを待った。

しかし、この授業では、触れたこともない楽器を奏でなくてはならなかった。

それらは琴や龍笛など……いわゆる雅楽で使われる楽器だ。

何のために必要なのかと灯里は思った。だが、神社で行われる御神楽のようなものだという教師の説明に何となく納得する。美しい音や演奏で、怨霊を鎮めたり穢れを浄化することもあるのだという。

しかし、灯里の演奏は、他の授業同様に散々なものだった。

琴などは奏でられないし、龍笛に至っては音も出ない。まともに音が出るのは太鼓くらいだった。とはいえ、そのリズムも微妙である。

だが、灯里が最も憂鬱に思う授業は、その日の午後に行われる別の授業だった。

その授業の名は、『呪術・応用』。

『呪術・基礎』はあくまで座学だが、こちらは実際に呪術を使う授業である。

基礎で学んだ祝詞や真言を使って怨霊を調伏する呪術を身に着けるこの授業は、同級生たちの中では楽しみにする者も多いようだった。しかし、それは彼らが灯里と異なり、ある程度の呪術が使えるからだろう。

「遠山灯里さん。やる気が見えません」

一年生の教室棟に隣接した白砂の広場。そこに居並ぶ生徒たちに交じった灯里へ、そう声をかけたのは件の雪影だ。

汽車で灯里を助けてくれた彼が、この授業の担当教師である。

だが、第一印象同様、雪影の指導は冷淡だった。

というか、特に灯里に対して当たりが厳しかった。

「何ですか、その覇気のない呪文の詠唱は？　鳥の方がまだハッキリ囀るだけマシですよ」

現在、クラス全員で広場中央に置かれた壺の『穢れを祓う』という課題に取り組んでいる最中だった。

〝穢れ〟というのは、陰の気が集合している状態を言う。

そしてこの穢れが、鬼や怨霊を引き寄せるのだ。

広場に置かれた壺はその穢れを纏っている。だが、授業の教材として用意されたもので、特に危険性はない――。

「危険ではないから、手を抜いている？」

能面のように表情のない雪影に言われて、灯里はたじろいだ。

「いや、手を抜いているつもりは……っていうか、何も視えないんですよ」

広場の中央に置かれた壺にこびりついた穢れが、他の生徒たちの目には視えているようだ。

だが、灯里は違った。

何の変哲もない、ただの古びた壺にしか見えない。

それは、他の生徒に比べて見鬼の才とやらが無いことに起因するのだろう。

視えないものを祓うことはできない……そう訴えた灯里に、しかし雪影の反応は変わらなかった。

「視えなくとも、呪文は使えます。意味さえきちんと把握できていれば効果は発揮されるのですから、もっと堂々と詠唱なさい」

「その……まだ覚えられてなくて。意味もよく分からないし……」

「呆れた」

言って、雪影は長いため息をついた。

それから灯里に冷たい視線を向け、ピシャリと言う。

「覚えられていないのであれば、覚えればよろしい。百遍でも二百遍でも読み上げて、口に教え込みなさい。それをしてからできぬのであれば、君の記憶力の問題です。そこまで判明したあとなら、その言い訳も聞いて差し上げましょう」

その言葉に、周囲からくすくすと笑い声が漏れた。

同級生たちが、注意を受けた灯里のことを笑ったのだ。涼介のように友好的な者や、他者を気にせず己の研鑽に励む者ばかりではない。

けれど、その嘲笑は長くは続かなかった。

「……なるほど。人のことを笑うとは随分と余裕がおありなのですね。では、いま笑っていた皆さんには、もう少し難易度の高い課題を熟していただきましょうか」

優しい声音で、雪影は言った。

だが、彼が発したひりつくような気配に、それまで笑い声を漏らしていた者たちが瞬時に黙り込む。

「次に他人を笑っていられるような余裕のある者を見かけたら、私の式神の相手をしていただきます――灯里さん」

ぎく、と灯里は身を強張らせる。

自分への矛先は逸れたと思ったのだが、まだ向いたままだったらしい。

「はい……何でしょうか？」

「どうやら君には、この課題はまだ早いようです。呪文を覚えるのが先ですから、基礎の教科書を取ってきなさい」

雪影の言葉に、灯里は羞恥心でカッとなった。

だが、すぐに冷静になる。

「……分かりました」

聞き分けよく頷いて、灯里はその場を離れた。

他の生徒たちが穢れを祓おうと懸命に呪文を唱えているその声を背で聞きながら、単身、平安建築のような校舎の中へと向かう。

灯里も子どもではない。だから雪影の言い分はもっともだと思う。だが同時に、あんな風に他の生徒の前で言わずともよいではないかとも思う。

悔しかった。見返してやりたい。

木の香りのする板張りの廊下を進み、教室へ。たどり着いた灯里は、自分の机から教科書を取り、来た道を戻る。そうして広場に帰ると、雪影に「あちらで」と隅にある木製のベンチを示された。大人しくそちらに向かう。

「そこに座り、朗読していなさい。覚えるまで」

雪影に言われるまま、灯里はベンチに座り教科書を開いた。

ため息を堪えて、代わりに教科書を読み上げる。

まず、神道・祝詞系の呪文である〝祓詞(はらえことば)〟。

これは浄化の呪術において、基礎中の基礎の呪文である。

「『掛けまくも畏き伊邪那岐大神、
筑紫の日向の橘の小戸の阿波岐原に、
禊ぎ祓え給いし時に生り坐せる祓戸の大神たち、
諸々の禍事罪穢れあらむをば、
祓え給い清め給えと白すことを聞こし召せと、恐み恐みも白す』」

元々の祝詞は、このように長いものだ。灯里が覚えていないのは、それらの正式な全文だった。

次に、これを簡略化した〝略祓詞〟を口にする。

「祓え給い清め給え」

今、授業で他の生徒が唱えているのが、主にこの略祓詞だ。

省略して唱えても、正式な全文とその意味を覚えていれば、呪術の力は全文を唱えた時と同程度になるという。ただ、略式の方が圧倒的に詠唱が速いという利点があった。

灯里は、全文を何度か朗読して暗記する。そうして教科書のページを捲った。

次に唱えたのは〝六根清浄大祓詞〟。

六根とは、仏教において、感覚を得ることで迷いを起こさせる原因となる六つの器官――いわく目、耳、鼻、舌、身、意、のことだ。

この六根を清めて清浄にする祝詞が、六根清浄大祓詞であり、こちらも主に省略形を用いる。

そして基本の祓詞が自分以外の対象物に効果的であるのに対して、こちらは主に自身の防御のために使われることが多い。術者の六根を清浄にするという意味の祓詞だからだ。

「えっと。『天照皇太神（あまてらしますすめおおかみ）の宣（のたま）わく、人はすなわち天下（あめがした）の神物（みたまもの）なり――』」

こちらも何度か朗読して、最後に省略形「六根清浄」を口にする。

次に密教の真言系。〝マントラ〟とも呼ばれる呪文だ。

これは諸神仏が説いたという、聖なる真理の言葉である。

神道の祝詞は耳で聞いても意味が取りやすいが、密教の真言は一度聞いただけでは難しい。外国語のように馴染みがない音の響きに、灯里は英語のようだと感じている。あまり得意ではない。

「『オン・ア・ビ・ラ・ウン・ケン・ソワカ』」

こちらは大日如来という仏の真言。

短いながらも、これで全文だ。五字から成るので、〝五字呪（ごじじゅ）〟とも呼ばれる。

だが、陰陽師が呪術として使う場合、意味も一緒に覚えて唱えなくてはならない。

冒頭の『オン』は「諸神仏に帰命し奉る」という意味の呼びかけの言葉である。帰命とは、神仏の教えに心身を捧げて従うことだ。

そして結びの『ソワカ』は〝成就あれ〟という意味である。

オンやソワカ以外の句もあるが、基本的にはこれらの帰命句と成就句との間に、本文――神仏の言葉が入り、呪文を構成する。

「『大日如来に帰命し奉る。遍く宇宙の力を我に与えたまえ』」

この呪文は、術者の願望を成就させるもの。

つまり、決して穢れを祓うだけのものではない。汎用性が高く、傷を治したり、探しものを見つけたりと、様々な場面で使うことができるのだ。

だが、真言は概念の理解が難しいため、真の意味での習得は難しい。

使いこなせるのは、かなりの術者に限られるという。

(雪影先生は、使いこなしてたよな……)

灯里は教科書から視線を外し、ちらりと雪影を覗き見る。

入学して実際に呪術というものに触れてから分かったことだが、あの汽車で怨霊を調伏した時、雪影は真言系の呪術を使っていた。

入学前の灯里にはまるで訳の分からない言葉だったが、今なら少しだけ理解できる。

そして、あの呪文をあの状況で易々と発動させるということは、雪影は陰陽師として相当の手練れだということだろう。

（……どうやったら、あの人みたいになれるんだろう）

灯里は雪影をじっと見つめて考える。

元からあんな風に力を有していたのだろうか。

それとも、努力の末に身に着けた力なのだろうか――。

「灯里さん。私の顔に呪文は書いてありませんよ」

見られていることに気づいたらしい雪影が、ちら、と目を向けて言った。

ぎくりとした灯里は、雪影の視線を遮るべく教科書を顔の前に掲げた。そうして誤魔化すように大袈裟に声を張って呪文の朗読に戻る。

生徒たちが呪術を使う広場、その片隅で、灯里の声だけが虚しく響き続けた。


「あれ、アカデミックハラスメントだと思います」

カラカラに渇いた喉を冷たい湧き水で潤した灯里は、開口一番にそう呟いた。

授業が終わるまでのおよそ一時間もの間、灯里はひとりで呪文の朗読を続けさせられた。同級生たちの授業中の嘲笑を考えれば、羞恥に耐えるような屈辱的な時間だった。あれでは晒しものだ。

それを強いたのは、担当教師である雪影である。

確かに呪文を覚えていなかったのは、自分の不勉強だったかもしれない。だが、それにしたってあの隔離具合はどういうわけだ、と灯里は思う。

少しくらい、他の生徒と同じように呪術を実際に使う訓練に参加させてくれてもよいではないか。

「ここは大学じゃないから、それを言うならスクールハラスメントじゃない？」

傍らに立つ涼介が冷静に答えた。

既にコザクラインコの式神を出し、手を噛まれないように格闘している。

その熱心な様子を見て、灯里は冷静になった。

「……どうして涼介はそんなに熱心に練習してるの？」

灯里は、入学してから感じていたことを尋ねた。

授業が終わるや否や、涼介は式神を出しては使役の練度を高めようとしている。休み時間はいつもそうなのだ。

「式神だけじゃない。放課後とかも、ずっと勉強してるよね？」

放課後、灯里は涼介と一緒に過ごさない。

夕食はともに食堂へ行くが、それまでは基本的に別行動だった。

というのも、涼介が勉強しているからだ。

ホームルームが終わったあと、彼はすぐに自室か集書院――いわゆる図書室へと赴き、自習をしていることが多い。

かと思えば、外で式神や呪術の訓練をしていることもある。灯里が物珍しげに学内を散策している時、そういう涼介の姿を見かけることが多々あった。

勉強熱心なのだな、とその時の灯里はただ感心した。

だが、涼介だけではなかった。

多くの生徒たちが、毎日毎日、余暇を見つけては飽きもせずに修練や勉学に勤しんでいる。

「そうしないと、ついていけなくなるから、かな」

うーん、と考えたあと、涼介はそう答えた。

「涼介でも？」

「僕はそれほど優秀じゃないよ」

それほど、とは言うが、彼は実のところかなり優秀な生徒だ……と灯里は認識している。

汽車でもそうだったが、灯里が尋ねたことには大抵答えてくれていたし、授業で当てられても模範のような回答をする。その回答を教師に褒められることも少なくない。百人ほどいる一学年の中でも、上位十名に入るほどの実力者であるはずだ。

そんな涼介を知る灯里からすると、謙遜のようにも思える発言である。だが、本人的には至って客観的な評価のようだ。

「優秀な陰陽師っていうのは、もっと飛び抜けてるというか、たいていそういう家で生まれ育ってるからね。僕の家は、曾祖父で一旦は陰陽師の道が途切れてるような家だから、名のある家柄の人たちと比べたら、全然足りてないんだよ」

「それは名のある家柄の人たちと比べなければいいんじゃない？」

「灯里は面白いことを言うね」

涼介が苦笑する。

そんなに面白いことを言ったつもりはないのだが……と灯里は不思議に思っていたが、涼介はすぐに笑った理由を口にした。

「嫌でも比べられることになるからだよ。だから、みんな必死で勉強してるんだ」

涼介の言葉に、灯里は何も言えなかった。

彼の目が覚悟した者のそれだったからだ。

それは、灯里自身にはないものだった。

そしてどうやら〝みんな〟――涼介以外の生徒たちも、同じように覚悟しているようだ。だからあれほどまで熱心に勉学に励んでいるらしい。

「そっか。みんな、立派な陰陽師になりたいんだね」

「いや、立派とかそういう次元の話でもなくて――痛いっ！」

突然声を上げながら涼介が手を振った。

またも式神に噛まれたらしい。「このやろう……」と恨めしげな涼介に、式神インコは「ケケッ」と楽しそうな鳴き声を上げている。やはり完全に使役するのは難しいらしい。

その様子を眺めながら、灯里は自分の不甲斐なさについて考える。

涼介を始め、同級生たちの志の高さを素晴らしいと思っていた。入学してから、自習する大勢を見るたびに感心していたのだ。他人事のように。

否、他人事だったのだろう。

灯里は、陰陽師になりたくてこの学園に入学したわけではない。

陰陽師の家柄というわけでもなく、元々定められた進路だったというわけでもない。

周囲に話を聞く限り、例外的な入学のようだった。

だから……もしかして自分には陰陽師として特別な才能があるのでは、と思っていた。どうして自分がこの学園に？　ちょっとおかしくないですか？　表面上そんな風に考えながらも、何だかんだで期待していたのだ。

自分が特別な存在で、求められてこの学園に招かれたのだ、と。

だが、ひたむきに努力している涼介たち同級生を見て、灯里はその考えを捨てざるを得なかった。

気づいてしまったのだ。

授業を一緒に受けていても、放課後や休日の過ごし方を見ていても、彼らの方がよほど陰陽師の才能があるではないか、と。

「灯里は、そうじゃないの？」

式神に嚙まれた指を擦りながら、涼介が尋ねてくる。

「えっと……立派な陰陽師になりたいかってこと？」

「ううん。必死じゃないのかってこと」

「それは……」

灯里は答えに詰まった。

涼介たちとは比ぶべくもないと、努力していない自分が一番分かっている。だが、とっさに答えることができなかった。

ふと、〝言霊〟という、汽車で雪影が口にした言葉が過ったからだ。

もしも己の努力を否定することで、その言葉に力が宿ってしまうなら……。

「……しようとは、思ってるんだけどね」

灯里は、言いながら苦笑した。

言い切ることはできなかったが、辛うじて前向きな言葉だ。

だが、その微かな抵抗はひとつのよい効果を生み出したらしい。

灯里の答えを聞いて、涼介がホッとしたように微笑みを浮かべたのだ。

「よかったよ。灯里とは卒業まで友達でいたいからね」

え、と灯里は狼狽える。

まさか今の返答次第で、涼介との友人関係は解消されていたのだろうか？

そんな疑問が過ったものの、確認するのも怖いものがある。

結局、灯里はその件について尋ねることができなかった。

☯

一日の授業が終わって、放課後。

教室で涼介を見送った灯里は、そのまま机に突っ伏してぼんやりしていた。

涼介は、今日も集書院に行くという。

灯里も一緒に行ってみようかと思ったが、勉強の邪魔になるのは嫌だったのでやめておいた。

他の生徒たちも、ひとりまたひとりと、いなくなってゆく。

……気づけば、教室には灯里ひとりだった。

開いた窓から吹き込む春風に乗って、ひらり、と一枚の桜の花びらが入り込んでくる。

空には時折、誰かの式神の鳥が飛んでゆくさまが見えた。

白いツバメのような、美しい鳥だ。

恐らく、どこかで式神使役の訓練をしている生徒がいるのだろう。そしてかなりの手練れのようだ。式神の鳥は、自在に宙を飛んでいる。

「どうして俺は出せないんだろう……」

懐を漁って、灯里は霊符入れを取り出した。

薄い長財布のようなそれは、汽車で涼介が見せてくれたものと同じ。陰陽師学園の生徒ならば必ず携帯しているものだ。中には、必要に応じて使えるように、自作した霊符が何枚も入っている。

灯里の霊符入れにも、『霊符』の授業で作製した霊符や、『式神』の授業で作製した式札が入っていた。和紙のひとつである丈夫な楮紙を切り抜いて作ってある式札は、〝擬人式神〟の形代である。

『式神』の授業によると、一口に式神と言ってもいくつか種類があるという。

紙や草木で作った形代に、術者の念を込めて生み出す〝擬人式神〟。

術者の思念のみで生み出す〝思業式神〟。

そして、鬼神や悪霊を従える〝悪行罰示式神〟など。

いずれも『占術』の授業でも使う道具・式盤から算出される法則――つまり数学や化学の式と同じで〝式〟を用いて使役する。

灯里たちが授業で習っているのは、現在のところ擬人式神のみだ。擬人とは言うものの形態は様々であり、まずは鳥の姿をした式神の生成と使役が目下の授業の課題とされていた。

灯里は机に伏せていた身体を起こすと、霊符入れの中から式札を一枚取り出した。鳥の形に切り出されているものだ。

それを手に、授業で習ったように呪文を呟く。

「――急急如律令」

本来であれば、これで式札は鳥の姿を取る式神になるはずだった。

しかし、式札は窓からの風に揺れるのみ。

ただの紙のままだ。

ふう、と灯里はため息をついた。

作った式札に問題はない、と『使役術』の担当教師には言われている。ということは、術者である灯里の念の込め方がなっていないのだろう。

(……って言っても、念の込め方ってどうやるんだよ)

強く念じる。灯里なりにはやっているつもりだ。

だが、それでも式札が反応しないのである。

となれば、やはり足りていないか、何かが間違っているのだろう。

反応しないのは式札だけではない。

呪文の詠唱で発動させる呪術も、呪術に使う霊符も。まるで無風の状態だった。

涼介にコツを聞いたこともある。だが、「できないことってあるかな……?」と困惑されてしまった。嫌味でも何でもなく、本当に不思議なようだった。

できる人間にはできない人間のことが分からないのか、そのようなことが起きようはずがないということか……いずれにせよ、現在まで灯里の無風状態は解決していない。

「だめだ……」

灯里は再び机に突っ伏した。

古い木の匂いに包まれる。

果たしてこれまで、この机を使った者で式神を出せなかった生徒は存在するのだろうか。そんなことを考えてしまう。

と、左腕の傷痕が目に入った。

擦れたような傷痕は、まだ治って日が浅い。この怪我をしたのは今年の二月だ。

灯里は、その傷がついた時のことを思い出す。


交通事故だった。

父の運転する車で、家族で外出した時だ。

ちらちらと雪が降る中、車は灯里が知らない峠道を進んでいた。いつも通る道が通行止めになっていたため、迂回せざるを得なかったのである。

灯里は、後部座席でスマートフォンを弄っていた。特別に変わったことをしていたわけではない。助手席で父に話しかける母の声を聴きながら、受験勉強も兼ねることができそうな知育ゲームをしていた。

問題が起きたと認識したのは、その母の声が悲鳴に変わった時だ。

それと同時に、灯里は車に衝撃が走るのを感じた。

車体の後部が道路の防風柵に当たり、窓ガラスが粉々になる。

父がとっさにハンドルを切ったため、灯里は辛うじて接触を回避できた。だが、それで終わりではなかった。

しかし、灯里は何が起きたのかを正確に把握できなかった。

次の瞬間には気を失っていたからだ。

ブラックアウトした視界に再び光が戻った時、灯里は真っ白な部屋にいた。

医師だろうか。誰か男の人の声が聞こえた気がしたが、顔はハッキリと見ていない。

灯里を覗き込んでいた母が、目が合うなり泣き始めたからだ。

母が泣き止む頃には、灯里は白衣の人たちに囲まれていた。

ぼんやりとした頭で事情を聞けば、ここは県内でも大きな病院で、気を失ってから実に一ヶ月近くの間、灯里は昏睡状態にあったらしい。あの日、路面が凍結していて車がスリップ、灯里だけが車外に放り出され、それで意識不明の重体になってしまったのだという。

母だけでなく父も無傷のようで、灯里はホッとした。

だが、一ヶ月、という言葉に受験のことを思い出す。

日付を聞けば、やはり高校受験の日はとっくに過ぎていた。

灯里がそのことを尋ねると、母は無言で首を横に振った。追試験も終わってしまい、特例での受験も受けられないという話だった。

それから一週間程度で、灯里は退院することになった。

しかし、早すぎではないだろうか？　灯里は常識的に考えてそう思った。

理由を訊けば、寝たきりだったわりに身体の筋肉などは衰えておらず、目覚めたその日のうちにベッドから下りて普通に歩けたため……らしい。

医師も不思議がっていた。だが、両親が息子の回復を手放しで喜んでいたので、灯里は軽く流すことにしたのだった。

そういうこともあるのだな、と――。


（――いろいろ、変だよな）

過去に巡らせていた意識を現実に戻して、灯里は首を捻る。

思い返せば、釈然としないことが多い。

事故や退院までの経緯だけではない。陰陽師学園への入学についてもだ。

学園に来てから、灯里は何度か両親に電話している。

山奥の学園には電気もガスも通っておらず、電話線も引かれていない。基地局からも遠いため、携帯電話にも電波は入らない。

その代わりに、龍脈を利用した特殊な通信電波網が作られていた。それにスマホを接続すれば、学園外に電話をすることが可能なのである。

灯里の学園からの電話で、入学の報告や日常の様子を聞いた両親は、「なるほどなるほど」、「それはよかった」と満足していた。

……だが、それもおかしな話だ。

普通、息子が訳の分からない謎の陰陽師養成学校に行ったのだから、もっと詮索してきてもいいだろう。

というか、灯里の両親は根掘り葉掘り訊いてくるタイプの人間である。

けれど、両親が前のめりで尋ねてきたのは、灯里の身体の具合くらいだ。学園のことについては、あまり話を聞こうとはしない。そもそも学園からの入学案内が届いた時も、届いた理由を知っているようだった。

ならば、学園と両親との伝手は、一体どこで生まれたのか？

父も母も一般企業の勤め人である。

灯里もふたりの上司や同僚など仕事関係者には会ったことがあったが、その中に陰陽師らしき人はいなかった。

両親の友人にも、怪しげな気配はなかったように思う。見鬼の才もない灯里なので、感知できなかっただけかもしれないが。

（学園から手紙がきたの、俺が特別だったからかなー……って思ったんだけどな）

事故に遭い意識喪失の重体となりながらも、そこそこの入院期間で退院することができた。

それはもしかして己の特異性ゆえなのでは？

特別な才能があったから、特例で入学案内が来たのでは？

要はスカウト、野球でいうところのドラフトのように……そう思ったからこそ、灯里はもっと疑問に思ってもよかった謎の学園に、何となく納得して入学したのだ。どこかわくわくしたのも、自分への期待からである。

中学校までの生活も悪くはなかった。

だが、ごく一般的な家庭の波風立たない生活は、平凡といえば平凡で、思い返せば退屈に感じていた気がする。きっと、心が躍るような日常の変化を自分は待っていたのだ。

けれど、

「……やっぱり俺、特別じゃなかったのかな」

ぽつり、と灯里は零した。

諦観。失望。不甲斐なさに、やるせなさ。

そんな感情が混じり合いながら口を衝いて出たような独り言だった。

しかし、その独り言に応える声があった。

「君は特別ですよ」

聞き覚えのあるその声に、灯里は思わず机から身体を起こす。

教室の入り口に、雪影が立っていた。

彼は教室に入ってくると、開いていた窓を閉めていく。戸締りがなっていないと思ってやって来たのかもしれない。

灯里はその様子を目で追いながら、今しがた聞こえた言葉の真意を雪影に尋ねる。

「あの、先生……俺が特別って……」

「ええ、そう、君は特別ですよ——特別に酷い、という意味ですが」

かちん、という音は、窓に鍵がかけられた音か。

それとも、雪影の言葉が灯里の癇に障った音か。

いずれにせよ、灯里は能面のような顔を雪影に向けた。前向きな言葉を期待して高揚しかけた心は、季節が冬へと逆行したかのように一瞬にして冷える。

「……先生。それ、どういう意味ですか？」

「どうもこうも、意味なら今まさに言ったとおりですが。ああ、酷さの詳細を尋ねているのですか？」

「そうですね。具体的にあるなら、聞かせてください」

「多くを語っても時間の無駄になりますので、私の授業についてのみ、お伝えしましょう」

他の授業についてもあるのか……と灯里は頭を抱えた。だが、口にせずにおく。ひとまず雪影の授業の評価を聞こうと思ったからだ。

「私と君とで、互いの共通認識も合っていることでしょうが……君は、呪術がまるで使えていない。それどころか基礎の基礎である呪文を覚えていない。そもそも覚える気がない」

「待ってください。覚える気がないわけじゃ――」

「では、なぜ君はこんなところで腐っているのですか？」

灯里の言葉を遮るように雪影が言った。

窓の外に向けられていた視線が、灯里を射る。

その視線の冷たさに、灯里は思わず息を呑んだ。

何とか反論しようと口を開く。

「っ、それは……」

「他の生徒たちは、全員とまでは言いませんが、この時間、自己研鑽に励んでいますよ。なのに、君はこんなところで何をしているのですか」

雪影の言葉に、灯里の喉元で声が詰まった。

黙り込んでいる灯里に、雪影が淡々と続ける。

「他と比べて才能がないことに絶望しましたか？　それとも今さら己の人生の選択を間違えたと思いましたか？　いいのですよ、東北にお帰りになっても」

陰陽師は心を読む術でも使えるのだろうか……そんな感想を抱きつつ、どっちもですよ、と灯里はやけくそのように内心で雪影の煽りに答えた。

同時に、疑問が浮かぶ。

雪影の言葉に気になる部分があったからだ。

「……あの、先生。どうして俺が東北の人間だって知ってるんですか？」

尋ねた灯里は、あれ、と思った。

雪影がほんの一瞬、逡巡したように見えたからだ。

だが、返ってきた答えは、特に面白いものでもなかった。

「保護者の連絡網を見たからですよ。学園の教師なら、誰でも見られるものです」

「ああ、なるほど……でも、いちいち覚えてるんですか？」

「ご両親にすぐ連絡できるようにですよ。君は特に、授業中いつ大怪我をしてもおかしくありませんからね」

「そう見えますか？」

「灯里さんは、そう見えていないとでも？」

は、と呆れたような乾いた笑いを雪影は漏らした。

その反応で灯里は理解する。

雪影の態度にむかつきもしたが、危険なのは事実なのだろう。

実際、体育の授業などではいつも身の危険を感じているし、未だ使えぬ呪術も、発動したらしたで暴走しないとも限らない。

念の込め方すら分からないのだ。

それはたとえば調理の際、火力の調整の仕方が分からないどころか、その火加減が見えていないようなものである。弱火で煮込んだつもりで、鍋底が抜けるほど丸焦げにする可能性もあるということだ。

だが、危険性があるとしても、今の灯里にはどうすることもできない。

そもそも火が見えないだけでなく、つかないのだ。まずは火をつける努力をするところからで――。

「灯里さん。君には、やる気がありますか？」

雪影の突然の問いに、灯里はきょとんとした。

「え？」

「ですから訊いているのです。やる気はあるのか、と」

「やる気って……陰陽師になる？　それとも授業のですか？」

「どっちもですよ」

雪影は眉を顰めながら言った。

灯里の要領を得ない反応に対して、察しが悪い、と感じているのだろう。

「あ――ありますよ！」

「ではなぜ君はそのままなのですか？」

「そ、それは、分からないことだらけだからです！」

思わず椅子から立ち上がって、灯里は雪影に答えた。

そうだ。

分からないことだらけなのだ。

陰陽道の常識のようなもの。

他の生徒たちが、知っていて当たり前だと思っている事柄。

学ぶ以前の根源的なもの……たとえば数学を学ぶために必要な、数字という概念のようなもの。音楽を奏でるための、音の発し方。建物を作る上での基礎のような部分。

そういったことを、灯里は知らない。

どうやって学んだらいいのかも分からないのだ。

「もちろん、授業でやっている部分は覚えてます……呪文は、身に着いてないですけど……でも、やり方さえ分かれば俺だって――」

「できる、と言うのですね？」

「――え？」

呆けたような灯里に、雪影は問うように首を傾げた。

「ですから、やり方さえ分かれば自分も他の生徒たちのように呪術が使えるようになるだろう、と。君はそう言うのですね？」

「そっ、それは……たぶん！」

「……堂々と曖昧な答えを返すんじゃありませんよ」

はあ、と雪影は長いため息をついた。

それから、改めて灯里をじっと見つめる。

どこか品定めするような視線に、灯里は息を詰めた。

しばらくして、雪影が再び口を開く。

「……いいでしょう。特例です」

「特例って……何が？」

何かを決意したらしい雪影に、灯里は目をぱちくりさせながら尋ねた。

すると、雪影は微かに口角を上げた。

女生徒の間では人気が高いらしい教師の整った顔立ちに、笑みが浮かんでいる。

見る者が見れば魅力的な笑みなのだろうその表情に、灯里はなぜか嫌な予感を覚えた。

……そして、その予感は正しかったらしい。

「特別に、私が直々に教えて差し上げるということですよ」

机の前までやって来た雪影は、目線の低い灯里を見下ろしてそう言った。既にその顔からは笑みが消えている。

灯里はわずかの間、反応できなかった。

嫌な予感こそあったものの、言われた言葉がなかなか理解できなかったからだ。

「……えっと、待ってください。先生が、教えてくれるんですか？」

「ええ。補習、特訓、呼称は好きなように」

「ってことは授業外で？」

「このような放課後になりますね」

「いいんですか……？」

「君が嫌なのでしたら、別に断ってもいいんですよ」

嫌である、というのが灯里の本音だった。

汽車で怨霊から助けてくれた直後なら、きっと喜んでいたことだろう。

あの瞬間は、先生のような陰陽師になりたい、と憧れのような気持ちも抱いた。目の前の教師が、自分の理想とする姿だったからだ。いつかこうなりたいと思い描いた、自分が大人になった時の姿に見えたから。

だがしかし、雪影の授業を受けたあとでは別だ。

最初こそ黄色い悲鳴を上げていた女子たちですら、黙して受けるようになった授業である。さらに灯里は実力不足を理由に、雪影から穏やかな口調ながらも厳しい物言いばかりを受けている。

それが授業のみならず放課後も続く……高校生活が灰色になりそうだ、と灯里は思った。

だが、己の実力不足により、現状も既に似たような色である。

「お願いします」

考えた末に、灯里は雪影に頭を下げた。

……ひとつの事実がある。

雪影は、この学園で最も実力のある陰陽師だ。

それは灯里自身が汽車で見たあの鮮やかな怨霊調伏の手並みだけでなく、教師陣から聞こえてくる評価からも窺い知れる。そしてその評価は学内に止まらない……と涼介からも軽く聞いている。

そんな人物が時間を割いて教えてくれるというのだ。

その申し出を感情で断れるほど、灯里は考えなしな人間ではない。

「よろしい」

頭上で、雪影の声がした。

灯里は顔を上げて教師に向き合う。

「では覚悟なさい。本当に死ぬほど頑張ってもらいますのでね」

汽車での会話を覚えているのだろう。灯里を見下ろして、雪影はそう言った。

冷たい冬の湖色の瞳に宿る感情は、灯里には読めない。だが、臆すれども引き下がるつもりはなかった。

始める前から引いては、自分に対する負けになる。

こうして灯里は、学園最強の誉れ高い陰陽師・雪影の特訓を受けることになったのだった。

五時　起床
　　　始の祝詞
　　　自主練（式神使役）

七時　朝食　ひとりで食堂へ

八時　登校
　　　朝礼
　　　SHR（ショートホームルーム）

九時　一時間目　雅楽

十時　二時間目　結界

十一時　三時間目　占術

正午　昼休み

十三時　四時間目　陰陽道史

十四時　　五時間目　呪術・基礎
十五時　　六時間目　呪術・応用
　　　　　SHR
十六時半　特訓　登山（修験道コース）・呪術訓練
十九時半　入浴　特訓の汗を流す
二十時　　夕食　涼介と食堂へ
　　　　　メニューは日替わり定食セット（ご飯大盛り）
二十一時　自主練（霊符作製）
二十二時　終の祝詞
　　　　　就寝　泥のように眠る

第三章　雪影の特訓

「大丈夫なの？」

雪影の特訓を受けることになったと話した灯里に、涼介が開口一番そう言った。

日が暮れて現在、夕食をとるためにふたりは寮の食堂に来ていた。

学園には、生徒だけでなく教職員も使う大食堂のほか、各寮ごとに併設された食堂がある。

生徒たちは、昼は校舎と隣接する講堂も兼ねた大食堂で、そして朝と晩は各寮の中に併設された食堂で食事をとる。寮ごとに異なるメニューもあるので、時折、他寮の生徒が「よその味も気になって……」と紛れ込むこともあるらしい。

「大丈夫って、何が？」

「特訓相手が雪影先生ってところ」

訊き返す灯里に、涼介は肩を竦めながら言った。

古民家カフェのような内装の食堂で、ふたりは食事の載ったお盆越しに、向かい合った席に腰かける。

寮の食堂での食事は、基本的に和食だ。

日替わりの定食が二種類。他はそばとうどんの麺類に、かつ丼や天丼に海鮮丼など定番のどんぶりがある。

足りない分はサイドメニューとして自分で選んで追加もできるが、いずれも生徒は無料だった。洋食やジャンクなものを食べたくなる年頃だが、この無料の恩恵を灯里は黙って享受している。

今日の灯里と涼介は、同じ定食を選んだ。

お盆の上には、鶏の塩から揚げを主菜に、春野菜の白和え・胡麻和え・煮物・漬物と栄養バランスのよい副菜が並んでいる。

そしてキノコのたくさん入った味噌汁と山菜の炊き込みご飯には、周囲の山で採られたものがふんだんに使われていた。目の前にあるだけで、香りが鼻腔をくすぐる。山菜は大人の味だと思っていた灯里だが、ここの山菜料理は好きだった。

「たぶん……？」

驚いたように目を瞬かせる友人に、灯里は苦笑しながら答えた。

大丈夫かと言われると、分からないというのが正直なところだ。

決まったのはつい先刻のことで、まだ何も始まっていない。実際に雪影から特訓を受けてみないと、これまでの好き嫌い以外で判断のしようがなかった。

「灯里、雪影先生のこと苦手だと思ってた」

「ああ、それはそうだけど。でも、優秀な陰陽師なんだろ？」

「そうだね。全国で五本——東では一、二を争うレベルじゃないかな」

「あれ……そんなに？」

灯里は手にした箸(はし)を取り落としそうになった。

雪影は実力のある陰陽師。学園内では最強。

そう聞いてはいたが、まさかそこまでだったとは。

「雪影先生は、元々〝陰陽寮〟にいた人だし」

涼介に言われて、灯里は『歴史』の授業を思い出した。

歴史と一口に言っても、日本史や世界史ではなく『陰陽道史』——陰陽師とそれに関する歴史を学ぶ授業だ。

授業で聞いたところ、陰陽寮とは陰陽師が勤める役所のことだという。

古代日本において、天文、時、暦(こよみ)を編纂(へんさん)し、占術を使って朝廷の政(まつりごと)を支えていた場所。

明治時代に解体されたとされている——が、実は現在も存在する機関だという。一般人には見えない形で、国策を調整したり国家を守護したりと重要な職務を担っているらしい。

その陰陽寮に置かれる陰陽師は官僚であり、陰陽師の中でもいわゆるエリート中のエリートだという話だった。

「雪影先生は、血筋的にも出世コースだったとか。安倍晴明（あべのせいめい）の末裔（まつえい）だって話だし」

「安倍晴明って、あの有名な？」

陰陽師と言えば、一般人からも思い出されることが多い人物である。

……雪影が、その末裔？

灯里の疑問に「そうそう」と涼介が頷いた。

「かなり昔の人だから子孫も多いけど、家系図に残ってる家は数えるくらいでさ。男系の血筋——天皇陛下みたいな感じの血脈は、結構昔に絶えちゃってる……っていうのが、表の歴史の話」

「表の？」

「実は、残ってるんじゃないかって噂はあるんだよね。晴明の力を強く継いだ子孫が、さ……まあ日本最高峰の陰陽師たちが隠したんなら、暴きようもない話だけど」

なるほど、と灯里は納得した。

不思議な力を使える陰陽師の中でも、より強い力を持つ陰陽師。

ならば、歴史を誤魔化すことくらい簡単かもしれない。入学からまだ長くない期間ではあるが、授業で習った数々の呪術を思うに、不可能ではなさそうである。

「そっか……じゃあ俺、ラッキーなのかな」

「ある意味ね。羨ましがる人も多いと思うよ」

「涼介は？」

「僕は、ちょっと、身に余るというか」

涼介は言葉を濁すように、食事に手を付ける。

彼にとっては、あまり望ましくはないことのようだ。

その気持ちは、灯里にも分かる。

名プレイヤーが名コーチかというと、そういうわけでもない。実力があると有名な陰陽師だからと言って、教える実力も確かかどうかは分からない。現状で分かっていることは、雪影の授業が他の授業と比べても厳しいものであるということだけだ。

先行きに不安を感じて、灯里は胃が重くなった。

茶碗を手にしたまま、ため息をつく。

「でも、意外だよね」

涼介が、明るい口調で言った。

灯里の陰鬱とした気配を察したらしい。

「意外って？」と灯里は首を傾げる。

「あの雪影先生が、灯里の個人指導をするなんて」

「俺のこと、嫌いそうだったもんね」

「あー……まあ、それもそうだけど」

「……ちょっと否定して欲しかった」

「いや無理でしょ」

涼介が苦笑しながら言った。

まあそうだよな、と灯里も思う。

授業中に雪影から灯里へ放たれている特別に棘のある言葉を聞いて「大丈夫、好かれているよ」などと言える者はいないだろう。灯里の実力不足が甚だしいせいかもしれないが、雪影も他の生徒にはもう少し当たりが柔らかいのだ。

「と、とりあえず頑張るよ。せっかくの機会だし、俺もこのまま鳥の式神すら出せないんじゃ嫌だしさ」

「うん、そうだね。いい機会には違いないと思う」

涼介が深々と頷きながら、味噌汁を啜（すす）った。

灯里も「だよね」と言って、食事に箸を伸ばす。

口を開けば言葉になって出てきそうになる不安。それを胃の底に押し込むように、から揚げ、ご飯と頬張り、もくもく咀嚼して呑み込んだ。

「……ねえ、涼介。安倍晴明って、狐が母親だって聞いたことあるけど、本当かな。だったら、雪影先生にも狐の血が入ってることになるけど」

「訊いてみたら？」

「やめとく」

恐ろしい提案をするものだ、と灯里は涼介を見て眉を顰めた。それがおかしかったのか、くすくすと涼介が笑う。

そんな友人の様子に、灯里は何だか肩の力が抜けた。

食堂の夕飯はおいしいし、一日が終わりに向かうこの時間はいつもどおり穏やかだ。

……だから、灯里は知らなかった。

こんな風にまったりとできる日が、まさかこれっきりになろうとは。

安倍雪影という教師は、『鬼の陰陽師』と呼ばれているらしい。

クラスメイトたちが密やかに囁いていた言葉だ。

灯里は現在、その意味をよくよく実感していた。


「遅い」

投げかけられた冷淡な声に、灯里は唾を呑み込む。

重く垂れそうになる首を何とか持ち上げると、坂道の上で雪影が待っていた。肩越しに振り返った顔に浮かぶのは、いつもの冷たさすら感じる涼し気な表情だ。

現在、灯里は学園の裏手に広がる山――の、さらに奥の山岳地帯を登っていた。

陰陽師学園を囲む山地のうち、北に位置するこの裏山は体育の授業でも使われている。

今ふたりが進んでいるのは、その裏山のさらに奥地だ。

「はあっ……」

返事をしようとしたが言葉にならず、灯里は大きく息を吐いた。

ここに至るまでの疲労に加え、人の手の入らぬ悪路である。体育の授業でもへとへとになる灯里は、肩で息をしながら何とか雪影についてきていた。

雪影はと言うと、出発した一時間前と変わらぬ余裕を見せている。

本当に狐の血が入っているのでは？

そう灯里が思うほど、雪影は軽やかな足取りで進んでいた。

同じ道のりだというのに、どうしてこれほど差があるのか、灯里には理解できない。

意識不明の入院生活が、遅ればせながらここで効いてきているのだろうか。というか、体育の授業よりも進むペースが速い気がするのだが……。

「灯里さん。その足取りでは日が暮れますよ」

雪影が何度目かの同じ忠告をした。

言われても、灯里は呻くように返事をすることしかできない。

もはや反論を考えている余裕もなかった。脚も鉛のように重い。しかも意識した瞬間、さらに重みが増す。

それでも前に進もうとして――灯里は途方に暮れた。

（どうしよう……脚が前に出ない……）

進まなきゃいけないのに、動けない。

いや、動かない。

脚が一歩も前に出ない。

息が上がって、頭が垂れる。汗が顎から、髪の先から、ぽたぽたと滴り落ちる。

まずい、と灯里が朦朧（もうろう）とする頭で思った瞬間だった。

「増長本力（ぞうちょうほんりき）、速超聖地（そくちょうしょうじ）。急急如律令」

肩に触れられたと思った瞬間、灯里の身体が軽くなる。

顔を上げると、目の前に雪影がいた。

どうやら術をかけて楽にしてくれたようだが、灯里に向けた顔には呆れたような表情が浮かんでいる。

「何をやってるんですか。そんな状態になってどうします？」

「どうって……こんなところまで先生の速度で来たら、へたりもしますよ」

「ですから言ったじゃありませんか。限界が来たら言え、と」

「まだ限界じゃないです」

意地でも「もう無理」とは言いたくなかった。言ったら負けだと思っていたのだ。

はあ、と雪影がため息をつく。

「あのですね。これはそういう修行じゃないんですよ」

「？　体力をつけるためでしょう？」

「違います」

ぴしゃり、と雪影が否定した。

意外な答えに、灯里は目を瞬く。

「え、違うんですか？」

「もちろん体力をつける狙いもありますが、目的はそれだけではありません。まず第一に、これは〝禹歩（うほ）〟の習得を目的にしたものです」

「うほ？」

「陰陽師としての才と呼べる力……皆無ではありませんが、君の力は術を発動させるには弱い。そこで、術を使う前に力の増幅をしてもらおうと思っています。そのために必要な足捌（さば）きが禹歩なのです」

「な、なるほど。でも、その足捌きと山登りにどういう関係が？」

「歩いてごらんなさい」

「え……はい」

意図が分からなかったが、灯里は言われたとおりに歩いてみた。

と、術で身体が軽くなったものの、疲労から脚を引きずる形になってしまう。だが、仕方がないので、そのまま数歩歩く。

「そう。それが禹歩」

雪影の言葉に、灯里はきょとんとした。

「え？　……これが？」

「禹歩とは、古代中国において禹王という伝説の聖帝が、治水のために脚が病むまで山川を渉り続けた末に生まれた歩行法です。ですので、灯里さんにも同じことを行っていただきました。口で説明するより、身体に覚えさせる方が速いので」

「そういうこと、ですか……いや。やっぱり先に説明してくれても」

「意識してやろうとすると、変な癖がつくんですよ。ですから、君に意識させないために黙っていました。不満ですか？」

「……いえ」

灯里は一言そう答えた。

それにしても疲れたんですが、という言葉は呑み込む。理不尽に思えたこの無茶な速度の登山も、きちんと目的があったのなら仕方のないことだ。

「では、進みましょうか」

え？　と灯里は頓狂な声を上げた。

数歩先へと歩いた雪影が、不思議そうな顔で振り返る。

「？　どうしたんですか。行きますよ」

「え……帰るんじゃないんですか？」

「帰る？　なぜ？」

「禹歩ってやつを覚えた、から……？」

「それは目的のひとつであって、すべてではありません。禹歩習得は第一の目的。第二に体力づくり。そして第三に、磐座で君に気を充填します」

「いわくら……？」

「神の座る岩とでも覚えておきなさい。ほら、行きますよ」

再び促すだけ促して、雪影はさっさと歩いて行ってしまう。疲労という概念は持ち合わせていないとでもいうように。

灯里はひとつ大きく息を吸ってから吐き出すと、渋々その後を追いかけた。

……やはり、鬼と称されるだけはある。

「大丈夫……？」
食堂で食事を前にした灯里に、涼介が尋ねた。

先日の「大丈夫？」と少しニュアンスが異なるのは、灯里の顔に隠しても隠し切れない疲労が滲んでいるからだろう。

「うん……たぶん？」

「そこ疑問なんだ」

「まあね……」

人は疲れすぎると、口から出るのは息だけになるのかもしれない。

せっかく心配してくれている涼介に答えようにも、灯里の口からはなかなか言葉が出てこなかった。

言葉少なに食事を終えて、灯里は部屋に戻るなり布団にダイブする。

入浴は下山後すぐに済ませたが、湯船でうとうと寝落ちしかけて危うく溺れるところだった。

「きっつー……」

身体が重だるい。

別れ際、雪影が疲労の回復力を高める術をかけてくれた。だが、本当に効果があるのかと疑うほどに疲れ切っている。

……明日は全身筋肉痛かもしれない。

そんな懸念を抱きながら、灯里はそのまま寝てしまった。夢のひとつも見ず、朝まで一度も目覚めず、泥のように眠り続けた。

しかし、灯里の予測に反して、翌日の身体は軽かった。

というか、普段よりもむしろ調子がいい。

鉛のように重かった脚も、まるで羽が生えたように軽い。

「私の術の力もありますが、磐座で気を充塡させたのが大きいでしょうね」

放課後、自身の状態について報告した灯里に、雪影はそう解説した。

なるほど、と灯里は納得する。

昨日たどり着いた磐座は、周囲の山中で最も気の強い場所らしい。感知する力が鈍い灯里でも、領域に足を踏み入れた瞬間、それまでの空気との違いがはっきり分かったほどだった。

あの磐座の気が身体に満ちた状態なら、調子が良いのも頷ける。

「先生、今日は何するんですか？　早くやりましょうよ特訓！　俺、今なら何でもできそうです！」

「それでしたら、何の心配もいりませんね」

灯里の前のめりな言葉に、雪影は微かに笑みを浮かべながら続ける。

「今日はまず、昨日の半分の時間で山を登り、帰ってきます」

「……え？」

「そののちに、呪術の練習をします」

「え、え……？」

「これから毎日そのようにしていく予定ですので。では、参りましょうか」

山を登る前から、灯里は意識が遠くなるようだった。

あの道のりを半分の時間で？

そのあとに、呪術の練習？

「……人間をやめるところからなのか」

「灯里さん、今日は何でもできるのでしょう？」

「できそうな気がしただけなんですけど……」

「そうですか。やる気がないなら帰っていいですよ」

「あります！　やる気はありますから！」

己を奮い立たせるように叫んで、灯里は雪影のあとを追った。

雪影は本当に、昨日の半分の時間で学園と磐座を往復した。

灯里は息も絶え絶えに、しかし置いていかれぬよう必死に食らいついた。

そうして何とか学園に帰ってきたが、一息入れるなり、すぐに呪術の練習場所へと移動する。授業でも使っている白砂の広場だ。

「では、始めましょう」

そう言って雪影は、灯里から少し離れた場所に立つ。

信じられないことに、登山の間、汗ひとつ流さなかったような顔をしている。

「あの人、人間じゃないのでは……」

「聞こえてますよ」

雪影は地獄耳のようだ。

狼狽えながら、灯里は「……すみません」と謝罪した。

「今日は、式神の生成をやりましょうか。まずは〝反閇(へんばい)〟を行うところから」

灯里の謝罪を聞き流すように、雪影は反閇を行った。

反閇とは、邪気祓いや護身、場の浄化、心身を正すために行う呪術作法だ。

そのやり方にも様々な種類があるという。雪影が行ったのは、天と地を結びつけるように禹歩で北斗七星の形を歩むものだった。

反閇を終えたのち、雪影は懐を漁り、霊符入れを取り出した。

そこから一枚、式札を抜き出すと、刀印を結んだ指を唇に当てて呪文を唱える。

「我が翼と成れ。急急如律令」

雪影は息を吹きかけた式札を手から宙へと放つ。

すると、それが即座に鳥の形になった。

白いツバメのような美しい鳥だ。

自由自在に空を舞い、蝶のように軽々と雪影の指に留まる。

涼介や同級生たちと異なり、その式神の鳥はよく雪影に懐いているようだった。雪影の指で寛いでいる。

「さあ、灯里さん。やってごらんなさい」

流れるような式神生成に見惚れていた灯里は、促されて我に返った。

同じように霊符入れから式札を取り出し、呪文を唱え、息を吹きかけて宙に放つ。いつもなら式札は重力に従い、落ち葉のようにはらりと地面に落ちていたはずだ。

けれど、今日は違った。

一瞬だけだが、うねるように式札の形が変わったのだ。

すぐに元に戻ってしまったが、確かに変化があった。その変化が小さなものでも、ゼロと一では意味がまるで違う。

「せ、先生！　いま、式札の形が変わりました！」

高揚感ではしゃぎながら、灯里は雪影の方を振り向いた。

だが、雪影の反応は薄い。

「それしきで喜んでいてどうするのです。ただの紙に戻ってしまっては、失敗と同じでしょう」

「それは――……そうかも、しれませんけど」

「早く実体化させなさい。君が言うように本当に変化があったのなら、もう実体化もできるはずです」

萎(な)えかけた灯里の高揚感は、雪影のその言葉で維持された。

できるはず。

つまり、不可能ではない。

灯里は再び式札を構え、念を込める。

そのやる気が伝わったのか。雪影が灯里の背に手を当て、その姿勢を直した。

「姿勢の乱れは経絡(けいらく)の乱れ。この姿勢で……目を閉じて深呼吸しなさい」

雪影の指示に、灯里は「はい」と答えて言われたとおりにする。

「念の込め方が分からないと言っていましたね。目を閉じたまま式札に意識を向け、光らせていると想像してみてください。自分の一部を式札に移すイメージです……そう。

それでいい。そのまま呪文を唱えて、式札に息を吹きかける」

「――我が翼と成れ。急急如律令」

ふっと息を吹きかけると、式札が熱を帯びた。

……今だ。

目を開けた灯里は、それを宙に放った。

手を離れた式札が宙で捻じられたように回転する。

次の瞬間、式札は、パッ、と黄色い鳥に姿を変えた。

「あ……」

灯里は、それを見て目を丸くした。

ふらふらと蛇行する飛び方は鳥にしてはぎこちないが、確かに鳥である。ただの紙ではない。

「や――やった！」

嬉しさから、灯里は思わず叫んだ。

興奮気味に式神の鳥を見つめていた視線を雪影に向ける。

「先生、俺、できました！　ほら、式神！　出せました！　……あれ、先生？」

灯里は、目をぱちくりさせた。

式神を見つめる雪影が、微妙な顔をしていたからだ。

「……あの、何かおかしいですか？」

眉を顰めて灯里は尋ねる。

やはりあの不慣れな飛び方が気になるのだろうか？　それともできたように見えているだけで、実は生成に失敗しているとか？

「いえ……そういうわけではありません。ちょっと微妙な気持ちになっただけで」

「微妙？」

「気にしなくていいです」

雪影は素っ気なく首を振った。

そうして彼は、近くの木に視線を向けて言う。

「それよりも、式神は出して終わりではありませんよ」

「え？　……あ」

見れば、灯里の出した式神は木の枝に留まっていた。

どうやら飛び疲れたらしい。肩で息をしている。

式神の性能は、術者の力に比例するという。つまりあの式神の鳥に体力がないのは、灯里の力不足のせいだった。

力不足は今後の改善に期待するとして、目下の問題は式神の使役だ。

「おーい、おいで！」

灯里は試しに呼んでみた。

式神の鳥と目が合う。

だが、ふいっ、と逸らされてしまった。

「……あれは」

「無視されましたね」

くっ、と雪影が喉を鳴らして笑った。愉快らしい。

嫌な笑い方のバリエーションが多い人だな、と灯里は思いながら、しかし口には出さなかった。代わりに、式神の使役について尋ねることにする。

「先生、あれ、どうしたらいいですか？」

「灯里さんは授業を聞いていないのですね」

「……式神を出すところで躓いてたので」

「まあ、いいでしょう。使役の方法ですが、口笛を吹く——」

ピュイー、と灯里は口笛を吹いた。

だが、式神は無視を決め込んでいる。

「――というのは、普通の鳥とは異なりますので、あまり意味がありません」

雪影の言葉に、灯里は思わず睨んでしまう。

「あの、先生……」

「話を最後まで聞かないのがいけない」

澄ました顔で言う雪影に、灯里は自分が悪いような気に――ならない。

だが、我慢した。雪影の説明を待つ。

灯里のその態度を、雪影は快く思ったようだ。

「式神の生成と同じように、念を送ります。しかし生成と違うのは、それを維持する点ですね」

言って、雪影は自身の式神の鳥を飛ばした。

灯里の式神が留まる枝に向かうと、その隣に留まる。

突然のことに、灯里の式神は枝の上で慌てて距離を取った。

「慣れるまで、声で命じてもいいですよ――おいで」

雪影の言葉に応じるように、枝から式神が帰ってきた。

その様子に、灯里の式神もそわそわしている。

「なみなみと水を湛(たた)えた水盆に一切の波を立てぬように、心を落ち着かせて、凧(たこ)を糸で引くように式神に向かって命じるのです」

「分かりました」

灯里は返事をして、木の枝に留まった式神に念を送る。

式神を手繰り寄せるようなイメージで、己の手元に戻ってくるように――。

「おいで」

ぴくっと枝の上で反応した式神が、次の瞬間、飛び立った。

灯里のもとへ、滑空するように帰ってくる。

飛ぶのも下手だが、留まるのも下手らしい。滑り落ちそうになりながら、しかし何とか灯里の指に留まった。

そこで灯里は、初めて式神の姿をハッキリ見た。

尾羽は長く、くるりと巻き上がった頭の羽根は豪華な冠のようだ。遠くから見て黄色一色に見えた鳥は、しかしその両頬に日の丸のような赤い丸模様を有していた。美しい鳥だが、何だか顔はひょうきんである。

「オカメインコ、だっけ……？」

灯里が首を傾げると、式神も同じように顔を傾けた。

涼介の式神はコザクラインコという鳥だったし、クラスメイトたちもそれぞれカラスにスズメ、文鳥にセキセイインコと、種類も大きさも様々だった。

術者の力を反映する式神の姿は、やはり個々人ごとに異なるらしい。

「飛ぶの下手だけど、かわいいなぁ」

灯里が呟いた瞬間、抗議のように嘴で指を突かれた。

嚙まれたわけではないので痛くはないが、どうやら言葉は通じるようだ。自我もあるらしい。飛び方については、式神自身も気にしているようだった。

「先生。俺の式神、飛ぶの下手ですけど、上達しますか」

「君次第です」

「なるほど……」

責任重大だ、と灯里は式神を見て思った。

ふと、灯里は雪影の肩に留まっている式神の鳥を見て気づく。

(……あれ？　先生の式神も同じ？)

白一色だが、尾羽や形は灯里の式神と同じオカメインコに見える。頰に赤い丸こそないが、大きさも形状も一緒ではないだろうか？

「灯里さん。式神を愛でている場合ではありませんよ。今日はその式神で訓練を続けます」

疑問に思っていた灯里は、雪影のその言葉にハッとした。

瞬間、念の注力が揺らいだため、式神が飛び立ってしまう。

「あ、あーっ！　おいっ！　戻っておいで！」

声を上げて呼ぶ灯里に、傍らで雪影がため息をついた。

こうして式神を出せるようになった灯里は、この日から『使役術』の授業でも鳥を扱えるようになった。

その目覚ましい進歩に、涼介を始めとしたクラスメイトたちだけでなく、担当の教師も驚いていたのは言うまでもない。

雪影の特訓が始まってから、季節がひとつ前に進んでいた。
桜の花はとっくに散り、葉桜の見頃も過ぎて、じめついた梅雨の時期に入っている。
雨が降るようになっても、磐座への登山は続いていた。
普通の登山者ならば危険を避けて中止すべきところだが、陰陽師は別である。むしろ雨の日も風の日も、巡る自然のひとつひとつ、効果的な修行になるようだ。

そして灯里自身、体力がついたためか、山登りに効率のいい歩行を身体が覚えたため か。以前よりも楽々と登れるようになっていた。磐座で充塡している気のおかげかもし れない。

山から帰ってきたあとの呪術の特訓も、式神が出せるようになったところからその先 へと進んでいた。

「祓え給い清め給え――急急如律令!」

穢れを祓い浄化する呪術。それを灯里は白砂の中央に置かれた壺に向かって使う。

その瞬間、壺から黒い靄が立ち昇った。

そうして悶えるように揺らめいたあと、煙のように宙に霧散する。

「できたっ!」

灯里は思わず声を上げた。

ぱっと振り返ると、そこにいた雪影に確認する。

「先生、できましたよね!? よく視えませんでしたけど!」

「そうですね。穢れの程度は弱の中の弱ですが、君にしては上々でしょう」

皮肉のような雪影の評価だったが、灯里は「そうですよ!」と同意した。

できないことが、できるようになったのだ。

まるでできなかった特訓前と比べたら、雲泥の差である。少なくとも灯里にとっては、それくらいの違いに思えた。

「とうとう俺の才能が開花し始めた……ふふ……」

「遅咲きに過ぎますがね」

喜びから調子に乗る灯里の背後で、雪影が言った。

見れば、明らかに呆れたような顔をしている。

自分に向けられた冷ややかな視線に、興奮気味だった灯里は一瞬で素に戻った。遅いのは確かだ。桜の花もとっくに散って久しい。

「今の感じで、穢れの強度を上げていきましょう。私の授業では、皆さんもっと強い穢れを祓っていますので」

「はあ、みんなすごいなー……いや、でも、追いついてみせます。だって雪影先生がついてるんだし。何とかしてくれますよね！」

「甘えたことを言うんじゃありません」

ぴしゃりと言われ、灯里は苦笑した。

特訓を重ねるにつれて、雪影に対して感じていた苦手意識も薄れてきている。

厳しい人ではあるが、優しくないわけではないと分かったからだ。

もし授業で見せるような冷酷なだけの教師なら、ここまで特訓に付き合ってくれるはずがないだろう、と灯里は思う。

とはいえ、雪影は軽口を許してくれない。

灯里としては、もう少し雪影と話をしたいと思うようになっているのだが。

(先生に訊きたいこと、いろいろあるんだよな……)

どうやったら先生のような力を得られるのか。今の自分とどれくらいの差があるのか

……そんなことを訊いてみたい。

だが、特訓の最中に無駄話などする暇はないし、終わる頃には夕食の時間だ。なかなかそのような機会は得られなかった。

「灯里さん。君は、他の生徒と結構な差がついています」

念を押すように言われて、灯里は縮こまる。

雪影との差以前の問題だった。

「嘆(なげ)いている暇はありません。特訓を続けますよ」

「はい……お願いしますっ!」

気合を入れるように返事をして、灯里は再び呪術の構えを取る。

日の入りが遅くなるにつれ、特訓の時間も長くなっていた。

けれど、灯里にはまだ足りない。

強さとなる、力が足りない。

☯

「灯里くん、すごいね」

夕食のため、涼介と一緒に食堂へとやって来た時のこと。

灯里は、クラスメイトの女子たち三人組に珍しく声をかけられた。

「え……？　俺？」

ちょうど献立表の前でメニューを選んでいた灯里は、とっさのことに狼狽える。

クラスメイトたちは、陰陽師に所縁（ゆかり）のある良家の者がほとんど。まともに呪術を使えなかった灯里のことを白い目で見ていた。

そのため灯里は涼介以外からこんな風に話しかけられることなど、これまで一度もなかったのである。

「すごいって、何が？」

思い当たる節がなく、灯里は首を傾げた。すごいと言うなら陰陽師の才能に溢れた皆の方がよほどすごいのだが、と素で思う。

すると、ひとりが身を乗り出して言った。

「あの雪影先生の特訓、毎日受けてるんでしょ？」

授業前に雪影のことをカッコいいと言っていた子である。

ちなみに授業後には沈黙していた。

「うん、そうだけど……？」

答えると、「すごい」と三人の声が揃う。

灯里は目を瞬いた。

「えっと……そんなに感心されることかな？」

言ってから、灯里は最近の雪影のことを思い出す。

一緒にいる放課後の時間が長いため失念していたが、授業の雪影は相変わらずの冷淡さだ。灯里の見方が変わってきただけで、クラスメイトたちからすれば、雪影は厳格な陰陽師のままなのだろう。

「修験者も逃げ出すような山を、這って進む特訓をしてるって聞いたよ？」

「しかも毎日。山奥まで何往復もしてるとか」

「私は雪影先生と生死を賭けた呪術勝負をしてるって聞いた」

「僕は熊と素手で戦ってるって聞いたけど」

女子の証言に、涼介までもが交じってきた。

だが、いずれの話も、実際と比べてだいぶ誇張されている。

山を這って進んでいたら灯里だって逃げ出しているし、何往復もしていたらこの時間の食堂に来れていないし、雪影と呪術勝負などまるで勝負にならないはずだし、熊と素手で戦っていたらたぶん死んでいる。

灯里は、困惑しながら皆に尋ねた。

「……それ、誰から聞いたの？」

「式神たちの情報網」

灯里は思わず苦笑する。

それはちょっと、式神たちの情報収集能力に問題があるのではないだろうか。

「山奥へは行ってるけど、普通に歩いてるし何往復もしないよ。熊にはまだ会ったこともないし、雪影先生には普通に教えてもらってるだけ」

「でも、怖いんでしょう？」

「熊？」

「雪影先生の話だってば」

「怖くはないけど」

「灯里くん、やっぱりすごいわ」

女子たちが感心したように頷く。

涼介までもが首を縦に振っている。

と、その時、食堂の窓口から「ご注文は？」と声がかかった。

五人全員、慌てて注文の列に並ぶ。料理を受け取った女子たちは「また話、聞かせてね」と言って、ふたりから離れていった。

出てきた定食のお盆を手に席に着いた灯里は、先ほどの会話を思い出して言った。

「びっくりした……俺、学園で涼介以外とまともに話したの初めてかも」

今日は生姜(しょうが)焼き定食だ。

修行で体力を使っているからか、ご飯の量は大盛りである。これでも朝になると空腹でつらくなるので、かなりのエネルギーを消費しているのだろう。

まだまだ華奢(きゃしゃ)な身体つきではあるが、筋肉も多少ついてきていた。それも灯里には嬉しい。初見で女子に間違われることも、もうすぐなくなるだろう……と期待している。

学園に来てから一見して女子と間違わなかったのは、思い返せば雪影くらいだった。

入学手続きの際に学園長は性別が記載された書類を見ながら間違えたし、クラスメイトだけでなく教師たちも揃って間違えたのだ。汽車で話した静子ですら「あら。男の子だったのね」と気まずそうに苦笑していた。

間違えられるのは昔からのことだったし、名前の印象が大きいのだと灯里も理解している。だが不機嫌な態度を堪えられなかった。それもクラスメイトと疎遠になる原因だったように思う。

そして、初対面の際にそういう経緯を経ていても、なお傍にいてくれる涼介は寛容な性格なのだ。灯里は感謝している。

「結構みんな灯里と話したそうにしてたけどね」

「え、そうなの？」

「なぜか呪術が使えないのに学園に入ってきて、しかも雪影先生との特訓なんて面白そうな話題を持ってるんだもん。驚くことじゃないと思うな。っていうか、僕、クラスのやつらに灯里のこと訊かれたよ」

「えっ？　いつの間に？」

「灯里が席を外した時とか。見計らってたような感じで聞きに来るんだよね。熊と戦ってるっていう話も、そういう時に耳に挟（はさ）んだんだよ」

「そ、そっか」

「安心して。『気になるなら本人に訊いてよ』って答えてるから」

「ありがとう……」

涼介の配慮に、灯里はホッとした。

本人の与り知らぬところで噂話をされるのは、あまりいい気分ではない。

涼介はその辺を配慮してくれているようだ。寛容なだけでなく気配りもできる、いい友人である。

「さっきの女子たちの話じゃないけど、灯里はすごいよ」

と、涼介が思い出したように言った。

いただきます、と手を合わせた状態で灯里は固まった。そのまま首を傾げる。

「……さっきの『すごい』もよく分かんなかったんだけど、俺はそんなに何を評価されてるの？　別に授業でもすごいところなんて見せられてないし、何なら今でもクラスで最下位を走ってると思うんだけど」

クラスメイトたちに知識の量は及ばないし、呪術の力も弱い。雪影の授業でも、相変わらず全員が引くほどのお叱りを受け続けている。

クラスの中で評価されているとしたら、体育の授業くらいだ。

放課後の山登りの成果だろう。山中での移動の速さは、学年でもかなり上位に食い込むようになってきていた。

「逃げ出さないところじゃないかな」

言って、涼介も「いただきます」と手を合わせる。

「逃げ出さない？」

「灯里、知ってた？　うちのクラスにはまだいないけど、実は同級生が既に十人くらい学園から去ってるって」

「えっ？　それって、まさか退学？」

「うん」

「なんで……？」

「本人じゃないからあくまで予想になるけど。周囲との実力の差を実感して、じゃないかな」

涼介の言葉に、灯里は眉を顰めた。

彼の発言の意味が、いまいち摑めなかったからだ。

「みんな、実力をつけるために学園に入ってきたんじゃないの？」

「んー、なるほどな。灯里が逃げないのは、実力をつけるためなんだね……たぶん、この学園に入ってくる大多数は違うんだよ」

「どう違うの？」

「ここがゴールだと思ってるんだ」

食事に箸をつけ始めながら、涼介は言った。

「この学園に入ってくるのは、陰陽師の家系ないし親戚に陰陽師がいる家柄の子どもがほどんどだっていうのは、灯里も知ってるよね？」

「うん。俺みたいな一般家庭のやつが例外なんだろ？」

「そう。陰陽師の家柄だと入りやすい学校が、ここ。普通の高校みたいに受験は必要ない。でも、別に試験がないわけじゃないんだよ」

「どういうこと？」

「試験は、各家庭で行われてるんだ。つまり、各家で陰陽師の適性アリと判断して、入学させてるってわけ」

ああ、そういうことか、と灯里は納得した。

陰陽師が身近にいるのなら、その陰陽師に入試の試験官をさせればいいということなのだろう。

「でも、そもそも陰陽師って、免許とかあるの？」

名乗るには国家資格のようなものが必要なのだろうか、と灯里はふと疑問を覚えた。

学園に来てから、そのような話は聞いたことがなかったように思う。

「卒業後に受けられる認定試験に受かれば、免許みたいなものになるかな」

涼介がすらすらと答えた。

陰陽師の業界について詳しくない灯里にとって、こういったことにすぐ答えてくれる彼の存在はいつもありがたい。

「そうなんだ」

「認定試験に受かった人は、正式な陰陽師として陰陽寮が管理する名簿に登録されてるんだ。そこに登録されてる陰陽師は、才能もある程度判定できるだろうってことで入試判定もできることになってる。だから各家庭で子どもを試験してるようなものなんだよね」

「身内だったら、審査も甘くなりそうだけど」

「そう。甘くなる家もある」

「あ。やっぱりそうだよね」

家ごとに任せるなんて不正し放題では、と灯里は思ったが、そのとおりのようだ。

でも、と涼介が続ける。

「それで甘く判定された本人は勘違いするんだろうね。自分には陰陽師の才能があるんだって。で、この学園に来て、そこで相対評価をされるわけ」

「あー……理解した」

この学園には、そもそも才能のある子どもが集う。

甘い基準で入学した者も、通常の基準で入学した者と並べられるわけだ。

「家名に傷がつくことを嫌って、才能があっても身内で見劣りする者を入学させないって家もある。そういう基準の厳しい家から出てきたやつもいる学園で、鼻っ柱をへし折られて嫌になるやつは少なくないらしい」

「涼介の家は、厳しいの？」

灯里の問いに、はた、と涼介は箸を止めた。

「……どうしてそう思ったの？」

「涼介は入学してからずっと自習してるし、初めて会った時も勉強してたから」

汽車で相席したあの時、涼介は本を読んでいた。

表紙を見ても当時は意味不明だったが、今なら分かる。あれは陰陽術の解説書だった。

あの時から、既に涼介は自習していたのだろう。

「よく見てるんだね」

「いや、あの時は手持ち無沙汰だったというか」

「そう。うち、わりと厳しいんだ」

答えた涼介は、食事をとりつつ実家のことを話してくれた。

まず、陰陽道には五つの大家があり、『五家（ごけ）』と呼ばれているという。

その五家の宗家は、それぞれ陰陽五行説における五つの元素――木・火・土・水・金――に相当する。そして五家の分家も、それぞれの元素の翼下に収まる血族集団としてまとめて扱われているらしい。いわく、木の一門、火の一門というように。

涼介の実家である早瀬家は、水の家系に属する水の一門……つまり、由緒正しい陰陽師の家柄らしかった。

「すごいじゃん」

話を聞いて、灯里の口から出た言葉がそれだった。

先ほど涼介に「すごい」と言われていたのが、皮肉だったようにすら思えてしまう。

涼介は、実は灯里のクラスで学級委員長を務めている。

自薦やクラスの投票ではなく、担任教師に指名されての任命だった。涼介の真面目な性格から適任だとは灯里も思っていたが、加えて家柄もよいとくれば直々に指名された理由にも合点がいく。

「こんな風にご飯一緒に食べてるの、俺でよかったの?」

灯里が口にした懸念に、涼介は「いいんだよ」と苦笑した。

「交友関係にも厳しい家はあるみたいだけど、うちはあくまで分家だしね。それに、僕は上に兄がふたりいるからか、わりと自由にさせてもらえてるんだ」

「そっか。迷惑かけてたら申し訳なかったなって」

「ううん。こっちこそ、灯里が一緒にいてくれてありがたいよ」

「そう?」

「僕、中学まであんまり友達いなかったからさ。わりと自由とは言っても、家に友達呼んだりは難しかったし……」

「そうなんだ? 禁止されてたとか?」

「いや、古い家でさ。陰陽師の家ってだいたいそうなのかもだけど、地元だと一目置かれてるというか一線引かれてるというか……まあ、あんまり関わるなって空気があるわけ。古い人だと『迷惑かけると呪われる』とか言ってさ」

「呪うの……?」

「……灯里、『呪術倫理』の授業でやっただろ」

そうだった、と灯里は思い出した。

陰陽師が呪術を使う上で『一般社会においてみだりに術を使ってはならない』という心得、決まりがある。

世の中が混乱するし、延いては陰陽師全体に対する風当たりも強くなってしまうからだ。ちなみにその和を乱すと、陰陽寮管轄のエリート陰陽師たちに成敗されるらしい。

「嫌味を言われたから呪った、なんて、やろうと思えば言われたとおりになるしね。中世の魔女狩りみたいになりかねないから、どこの家も基本的にやらないよ」

「基本的に？」

「例外はあるだろうってこと。僕は知らないけどね」

言って、涼介は肩を竦めた。

完全にないわけではないのだろう。確かに灯里も例外的に入学している身だ。

「実家かぁ……もうすぐ夏休みだけど、帰りたくないんだよね。灯里は帰るの？」

涼介に訊かれて、灯里は「え？」と目を瞬いた。

夏休みのことなど、すっかり失念していた。当然、帰省のことも頭になかった。

「帰るのか訊くってことは、帰らないこともできる？」

「うん。毎年、何人か帰らない生徒がいるみたいだよ。寮は別に閉まらないし……ほら、食堂もずっとやってるみたいだしね」

涼介が向けた視線の先を灯里も追う。

入り口に『年中無休』と筆文字で書かれた吊り看板があった。

「帰りたくないって言うけど、涼介は？」

「帰ってこいって言われてるんだ。さすがにそこは自由にさせてもらえなそう。面倒くさいなぁ……」

はあ、と涼介はため息をついた。

毎年、彼の実家は本家へと挨拶に行くらしい。

そこで根掘り葉掘り学園生活のことを聞かれるだろう、というのが帰省したくない理由のようだ。

陰陽師の家系というのも大変なのだな、と思いつつ、灯里は味噌汁を啜る。

実家の味が恋しいような気もしたが、目下、頭に浮かんでくるのは別のことだった。

「先生は、夏休みの間、学園にいるんですか？」
翌日の特訓のあと、灯里は雪影に尋ねた。

昨晩の夕食時に気になったことだ。

学園から教師が全員いなくなることはないだろうが、どの教師が残るかは涼介も分からないという。本人に直接訊いてみるのが確実だろうとのことだったので、今こうして訊くことにしたのだ。

灯里の質問に、雪影は目をぱちくりさせた。

「なぜそのようなことを？」

「帰省しようか迷ってて」

「君の帰省に、私のスケジュールがどう関係するのです？」

「先生がいるなら、学園に残るので特訓してもらいたいです」

「せっかくの夏休みですよ。休むつもりはないのですか」

「先生もせっかくの休みとか言うんですね……」

「適切な休息は必要なものですから。倒れられて問題になっても迷惑です」

雪影らしい返答だ、と灯里は苦笑した。

確かに特訓中の生徒が倒れでもしたら、その責任の追及はたいてい教師に向かうだろう。雪影が厭いそうなことである。

「もちろん俺だって休みは入れます。でも、まだ全然他のやつらに追いつけてないですし……それに俺、このままだと夏休み明けの〝適性試験〟に間に合わないですよね？」

適性試験。

普通の高校でいうところの中間・期末試験などの定期考査のことだ。

陰陽師学園には、学期ごとの期末試験はない。代わりに年に一度、夏休み後に大掛かりな適性試験が行われることになっている。

この適性試験があると分かっていたので、同級生たちは自習に励んでいたのだ。灯里は入学したての頃に涼介に「試験対策が必要だよ」と忠告されていたのだが、その試験の重みを理解していなかった。

どうやらこの試験の結果で、〝足切り〟があるらしい。

つまり、『陰陽師の才能ナシ』として強制退学となるのである。

陰陽師は、命の危険と隣り合わせの職業だ。

学年が上がれば、授業の内容もより専門的に——そして、危険になってゆく。

授業では命を落とさずとも無理をすれば身体や心に傷が残る。半端な力、半端な心では、ついてはいけない。高校生にはやりすぎのような軍隊式のような授業があるのも、授業についていけない者・下限のレベルに合わせないのも、そういった背景があるからだ。

そのため試験は、適性のある者を残すというよりも、適性のない者を無闇に犠牲にしないための篩としての側面が強いのだろう。

同級生から既に自主退学者が出ているのも、この適性試験の影響が大きい。試験を通過する自信のない者が、早々に陰陽師になる道から別の道へ――いわゆる高校浪人として、一般的な高校に入り直す道に転向しているのだ。

以前、灯里は涼介に、必死じゃないのかと問われたことがある。

――『卒業まで友達でいたいからね』

彼の発言は、この足切り試験のことを危ぶんでのことだったのだ。

そして灯里は、早々に自主退学していった彼ら以上に、自信も実力もなかった。

雪影との特訓でだいぶマシになったとはいえ、他の生徒たちとの実力差がなくなったわけではない。

むしろ実力に自信のない者が去った結果、入学当初よりも粒ぞろいの学年となっており、全体の成績は上がってしまっていると言える。もし試験が相対評価なのであれば、残るのはかなり厳しい。

焦る灯里の言葉に、雪影が「なるほど」と頷いた。

「……そうですね。君にそこまでやる気があるのなら、付き合って差し上げてもいいですよ」

「本当ですか！」

「ただし、私にも休みがあります。夏休みすべてを特訓にというわけにはいきませんが、それでよければ。あと、親御さんには確認を取ってください。子どもを帰さないのか、と学園にクレームが来ても困りますから」

「分かりました！」

「それと、休みについてですが。私が休めと言ったら休んでください。これは絶対です。いいですね」

「？　はい」

そんな風に言われずとも休むけれど……そう灯里は疑問に思いつつ頷いた。

他の生徒からも心配されるような特訓を提示してくる雪影である。彼の方から休めと言ってくれるなら、むしろ安心だった。

「じゃあ、先生。夏休みの間も、よろしくお願いします！」

その日の夕食後、部屋に戻った灯里は実家に電話した。

『分かったわ』

帰省しないと伝えた母の第一声がそれだった。

残念がることもなく、むしろそれがいいというような反応だ。

「母さんは、俺が帰らなくても寂しくない？」

『そりゃあ寂しいわよ。でも――』

そこまで言って、母は口籠った。

『――もう高校生なんだし、お母さんも慣れないとね』

言葉を継ぐまでの間は一瞬だったが、不自然さは隠せない。

「ねえ、母さん……俺に何か隠してない？」

灯里は、これまでも何となく感じていた違和感を口にした。

入学前からだ。

陰陽師学園などという、言ってしまえば普通ではない学校からの急な入学案内。それを怪しむこともなく、両親はむしろ前向きに息子を入学させたわけである。灯里が理由を訊いてもはぐらかして答えず、学校の様子を訊いたりもしてこない。

単身で親元を離れた子どもに対し、無関心すぎるのだ。

なぜか、灯里を学園へ送り出して安心しているようですらある。

元々そういう放任主義の性格ならいざ知らず、灯里の母はある程度は干渉してくるタイプの人間だ。子離れをせねばと思っているとしても、その変化がいきなりすぎる。

父もそうだ。実家にいた頃は休みになると煩わしいくらい絡んできたのに、電話の母の背後から『元気ならいい』と言っただけだ。

『何も隠してなんかないわよ』

電話の向こうで母がカラカラと笑う。

表情が見えないので、灯里にはその真偽が測れない。

「……そっか。ならいいんだけど」

『あっ、ごめんなさい。電話が来てるわ』

母が慌てた様子で言う。

どこかから着信が入ったようだ。

「あ、じゃあ切るよ」

『灯里』

「ん、何？」

『頑張ってね』

「うん。もちろん」

電話を切って、灯里はスマートフォンを手にしたまま考える。

母には、本当にどこかから着信があったのだろうか。

誤魔化すための嘘だったのではないだろうか。

(頑張ったら、分かるのかな……)

両親の違和感の理由。

この学園への円滑すぎる入学事情。

それも、特訓の先で分かるのなら――。

「……頑張ろ」

言って、灯里はスマホを机の上に置いた。

考えても分からない。答えは教えてもらえない……なら、自分が今できることをしよう。そんな風に考えながら、灯里はベッドに腰かける。

そうして、式札を一枚取り出した。

「――急急如律令」

宙に放った紙の札が、鳥の姿に形を変える。

特訓で使う霊符を作るか、こうして眠る前に式神を出す練習をするかが、最近の灯里の日課だった。

「おいで」

灯里は指に載るように呼ぶ。

だが、式神の鳥は指ではなく肩に留まった。

思いどおりにいかず、灯里は肩を竦める。

「まだまだなんだよなぁ……」

肩に載った式神に手を寄せると、カッと嘴で突かれた。

痛くはないが……拒絶されている。

術者によく馴れた式神だと、このような反応はしないらしい。

涼介の式神も、最近では無駄に嚙むことはなくなったという。クラスメイトたちの式神も、授業で褒められる姿が多かった。

「……お前も、俺と一緒に頑張ろうな」

肩の式神に向かって、灯里はぽつりと呟いた。

式神は動物の姿をしているが、本物の動物ではない。術者の内面を映す鏡のようなものだという。

つまり、この式神の鳥がいまいち懐かないのは、灯里自身の問題である。

(夏休みの間に物にしてみせる……)

決意しながら、灯里は式神を式札に戻す。

そうして明日に向けて、今日一日を終える支度をするのだった。

［式神〈鳥〉］

種類は様々。色も模様も様々。

基本的に術者の性格や心持ちに合わせて、最も適した古今東西の鳥の姿を取る。

人語を喋る鳥は人気が高いが、体長が大きくなるほど物の隙間を通れなくなる。

そのため大型の鳥が苦戦している姿が学園内では散見される。

時々、ペンギン型やニワトリ型など、飛べない鳥の姿になる式神もいるが、該当の術者はそれはそれで愛でていることが多く、その場合は飛行以外の別の能力を持っていたりする。

［式神〈人〉］

人型の式神も学園内には存在する。
鳥型よりも使役が難しいため、
使っているのはほとんどが教師である。
人型式神は術者から離れて自律していることが多く、
学園内では清掃業務をこなしている。
基本的には外見で見分けがつくものだが、
人間と見間違えるほど
自然な挙動を取る式神も存在するという。

第四章 呪術道具を求めて

一日、また一日と過ぎるたび、日差しが夏のものになってゆく。

陰陽師学園は盆地だ。そのため自然豊かな山中ではあるものの、避暑には向かない場所である。

一学期が終わり、夏休みが始まった。

生徒たちの大半が帰省し閑散とした学園には、人の声よりも蟬の声が響く。

それを聞きながら、灯里は学園内の木陰で倒れていた。

「帰ればよかったかな……」

東北の実家は涼しかった。

それを思い出して、灯里はため息とともに弱音を吐く。

「今からでも帰れますよ」

と、冷気のような涼し気な声が頭上から降ってきた。

雪影が、灯里を見下ろしている。

ちょうど今は正午、特訓が終わったところだ。

普段のような放課後ではなく、朝早くから今ぐらいまでが、夏休み中の雪影との特訓時間になっている。午前中はまだ気温が上がりきっていないので、一日の中では比較的涼しい。さらに雪影いわく、山の気が強まる時間帯でもあるという。

「……先生ずるくないですか」

見下ろしてきた雪影の顔に、灯里はぽつりと投げかけた。

暑さと特訓の疲労で起き上がれない。

そんな灯里の言葉に、雪影がきょとんとした。

「何が？」

「先生の周りだけ、季節が間違ってる気がします」

「なるほど、君の主観ではそのように見えるのですね。君と違って、心頭を滅却しているだけですよ」

修行不足だと指摘され、灯里は唸る。

と、雪影が仰向けに寝そべった灯里の頭上に手をかざした。

そうして彼は呪文を唱え始めた。

「元柱固真　八隅八気　五陽五神　陽道二衝厳神
害気を攘払し　四柱神を鎮護し
五神開衢　悪気を逐い　奇動霊光　四隅に衝徹し
元柱固真　安鎮を得んことを　謹みて五陽霊神に願い奉る――」

呪文の詠唱が終わると同時。

灯里は、涼しい風に吹かれたような心地よさを覚えた。

「はぁー気持ちいいー……って先生。これ、そういう呪文だったんですか？」

灯里は弾かれたように起き上がり、傍らに立つ雪影を見上げて尋ねた。

呪文に聞き覚えがあったのだ。

雪影に、毎朝の日課として行うようにと言われていた呪文である。

「そういう、とは？」

「涼しくなる効果がある呪文かなって――あ。だから先生は暑くなさそうだったのか」

「いいえ。これは、そういうものではありません」

「え。じゃあどういう？」

「これは、災禍祓除の呪文ですよ」

「さいかばつじょ……？」

「簡単に言うと、家内安全・厄除けみたいな効果をもたらす呪文です。私はそれを拡大解釈して使いました。つまり『快適になりますように』と」

「いいんですか、そんな使い方……？」

「呪文の意味からは逸脱していません。それにだめだったら、そのような効果で発動していませんよ」

「なるほど。便利ですね」

「解釈ができていればこそ、できることです。君は、まず本来の解釈で使い方を覚えてください」

「本来の……っていうと、厄除けですか？」

「そう。これは災禍祓除の結界術だと――最初に教えたでしょう」

そうだった……と灯里は思い出した。

最初にこの呪文を教わった時――つまり修行開始時に、雪影から一度この呪文について説明されている。

この呪文は、呪術を使うことで起きる災厄から術者を護る結界を作るもの。毎朝唱えるのは身の安全のためだという。

確かに特訓は過酷だが、灯里はこれまで一度も怪我などしていなかった。

あまり意識していなかったが、この呪文のおかげだったのかもしれない。

「意識せずとも、そこそこ効果のある呪文です。ですが、意識はした方が効果は高まります。今後は、きちんと意味を嚙みしめながら唱えてください。何かあってからでは遅いので……いいですね？」

雪影に強めに念を押されたので、灯里は「はい」と返事をする。

何かあってからでは、という雪影の言葉に、背筋に冷たいものが走った気がした。

（いや、何もないはず……先生はたとえばの話をしただけだし……）

……でも、と灯里の中で何かが引っ掛かった。

「あの、先生」

「何でしょう」

「何かあってから、って具体的にどんなことが……？」

尋ねた灯里は、あれ？　と不思議に思った。

雪影が無言だったからだ。

「先生……あの？」

「具体的に考えない方がいいこともありますよ」

「え？」

「形を得た不安というものは、現実化したり、よくないものを引き寄せます。慎重になることは大事ですが、ゆえに毎朝、身を護る結界を張っているのですから」

「な、なるほど」

「きちんと私の教えたことを覚えなさい。そうすれば、懸念する何かは起きません」

断定する雪影に、灯里は頷く。

それは呪文のように頼もしい言葉だった。


雪影から言われたように、灯里はそれから毎朝きちんと呪文を唱えた。

夏休みの間、雪影との特訓は基本的には午前だけ。

午後は空き時間だったので、灯里は自習や自主練に充てた。

自身の裁量で休みにすることもできたが、気づけば毎日続けていた。

式神が出せるようになったり、浄化の呪術が使えるようになって以降、灯里は努力が楽しくなってきていたのだ。

日々ちょっとずつ、微かな変化ではあるが、着実に力がついている。

陰陽師として強くなっている気がする。

ふとした瞬間にそれを実感できるのが、灯里には快感だった。まったく動きのない無風の時期を知っているからこそ、地味な自主練でも飽きが来ない。

むしろ楽しい。

その感覚は、何より成長を促す追い風だった。

楽しい時間は過ぎるのが速い。

どれだけ濃密な時間であっても、主観の上ではあっという間だったりする。

気づけば、夏休みは残すところあと三日となっていた。

ぼちぼち帰省先から学園に戻ってきている者たちもいる。二学期の授業開始に備えて、学園でゆっくり調子を整えようというのだろう。

涼介は、夏休み終了日ギリギリの帰還になるらしい。彼はスマートフォンではなく、わざわざ式神で連絡を寄こしてくれた。

朝、その連絡を受け取った灯里は、驚きとともに感心した。

涼介の地元から学園まで、かなりの距離があるはずだ。

しかしその距離を式神の鳥が飛んできたということは、彼の式神使役がかなり上達している証である。飛んできた涼介の式神であるコザクラインコも、どこか誇らし気な顔をしながら、灯里の手の中で式札に戻った。

さて、学園に帰還し二学期への準備を行う生徒たちをよそに、灯里はその日も特訓をしていた。

その特訓が終わったあとのことである。

「え。休み……ですか？」

雪影の話に、灯里は目を瞬いた。

明日と明後日の二日は特訓を休みにしましょう、と雪影から提案されたのだ。

「ええ、そうです」

「俺なら疲れてないですけど……あ、先生、用事があるとかですか。なら、仕方ないか」

「自主練に充てようなどとは思わぬように」

考えたことを読まれて、灯里はぎくりとした。

「え、だめですか……？」

「はい。だめです」

即答だった。

「灯里さん。君は夏の間、毎日欠かさず特訓してきたわけです。自覚していない疲労もあります」

「自覚していない疲労……？」

「精神的な、深部に蓄積する疲労です。呪術は、術者の精神を摩耗するもの。もし自覚症状があるのなら、むしろ手遅れというものです。

なので、強制的にでも休みを入れましょう。この学園の二学期は、始まってしまえばあっという間ですから。二学期が始まる前に疲労を取っておいたほうがいい」

「はい、分かりました……」

「自習もだめですからね」

灯里は、再びぎくりとした。

呪術の練習はだめでも、机に向かうような勉強であれば大丈夫だろう。まさにそんな風に思ったところだったからだ。

雪影が、灯里に向けた目を眇めた。

「熱心なのはよいことですが、私は特訓を引き受ける条件として言ったはずですよ。私が休めと言ったら絶対に休め、と。君は約束を違えるのですか？」

「それは……いいえ」

灯里は消え入りそうな返事をする。

確かに雪影はそう言っていた。

それに灯里が同意する形で、夏休みの特訓を引き受けてもらったのだ。

「……でも先生。試験が近いし、このままじゃ俺……」

灯里が強硬に特訓しようとしているのにも、理由がある。

試験で足切りされてしまう、そうして強制退学になることを恐れているのだ。

せっかく力の使い方が分かってきた。この学園での生活も面白いと思えるようになってきたというのに……。

「ここで終わりなんて嫌なんです。できる限りのことをして試験に臨みたいって――」

「それで試験を受けられなくなっても？」

雪影の言葉に、灯里はハッとした。

受けられなかった高校受験のことを思い出したからだ。

「……いえ。それは嫌です」

「でしたら私の言うことを聞きなさい」

灯里は素直に頷いた。

しかし、それと裏腹にしゅんと項垂れてしまう。

じっとしていろと言われれば、もちろん灯里もそのとおりにする。聞き分けのない年齢はとうに過ぎていた。

だが、急いて焦ってしまう心を落ち着けられそうもない。心身を休めるためだというのに、逆に疲れてしまいそうだ。

「……放っておいたら、君はきちんと休めなそうですね」

はあ、と雪影がため息をついた。

見れば、不器用な灯里に呆れたような、同情するような顔をしている。

「仕方ない。一緒に行きましょうか」

「え……？　あの、行くって、どこに？」

「気晴らしに、ですよ」

雪影の言葉に、灯里は目を瞬く。

「明日、いつもの特訓と同じ時間に駅まで来なさい」

困惑している灯里をよそに、雪影は話を進めてゆく。

「えっと、それは……学外に行くってことですか？」

「ええ。東京へ」

「何のために？」

「ですから気晴らしだと――ああ、細かい予定は明日の道中に話しますので。待ち合わせ時間は厳守でお願いします。遅れないように」

では、と言って、雪影は去ってしまう。

その背を灯里はぼんやりと見送った。

言われた言葉を脳内で反芻（はんすう）する。雪影と東京で……気晴らし？

「……逆に疲れるような気がするんだけど」

不安が口を衝く。

雪影とは毎日一緒に過ごしている。

だが、特訓以外となると話はまた別である。

滲んだ汗が顎先から滴り落ちるまで、灯里はその場で途方に暮れていた。

陰陽師学園から東京駅までの汽車は、朝・昼・夕と一日に三本しか出ていない。

そのうち一番早い朝の便に乗り、灯里は雪影と共に東京駅へと向かった。

初めて乗った学園への汽車で、灯里は涼介と斜向かいでボックス席に座ったものだ。

だが現在、灯里の斜め前には雪影が座っている。

(気まずい……)

窓の外を眺める無言の雪影に、灯里は思わず渋面になる。

昨晩、灯里はあまり眠れなかった。

小学校の時の遠足前、あるいは陰陽師学園へと向かう前夜のように、妙にそわそわして寝つきが悪かったのである。それらと異なるのは、何か楽しいことがあるだろうという期待よりも、不安が勝っていることだろうか。

学園外へ向かうということで、互いに見慣れぬ私服姿というのも何だか落ち着かない。

(俺、一体どこに連れて行かれるんだろう……)

その時、窓の外が急に暗くなった。

緑色の山林から、龍脈の中へと入ったようだ。

「灯里さん」

と、それまで無言だった雪影が話しかけてきた。

びくっ、と灯里は座席の上で跳ねそうになる。

「は、はいっ」

「今日は呪術道具を買いに行きます」

「は――……え？　呪術道具、ですか？　あの、授業で使ってるような？」

「はい。どうも君は、まともなものを持っていないようですからね。見立てて差し上げます。私も、そろそろ買い足さねばならない品がありますし」

「まともなもの……？」

言われて、灯里は首を傾げた。

灯里が授業で使っている道具の類は、入学時に学園から支給されたものだ。消耗品は学園内の購買部で売っているので、そこで買い足していた。生徒は全員、同じものを使っていると思っていたのだが……。

「……もしかして、他の人たちが使ってるのって、学園から支給されたものだけじゃない？」

「ええ、そうですね。皆さん、結構いろいろ好き勝手に持ち込んでいますよ」

「いろいろって、たとえば？」

「霊符作製の筆や硯（すずり）、墨汁や朱砂……撫でものや式札に使う紙もそうですね。式盤など、自身のものを用意してきた子もいるようです」

「え。気づかなかった……」

授業中、自分のことで手いっぱいだった灯里は、クラスメイトたちの道具をまじまじと観察したことがない。しかし思い出してみれば、涼介の使っていた式札は自分のものと色が若干違っていた気がする。

「でも、持ち込みっていいんですか？」

「ええ。よほどの高級品や使用を禁じられているような呪物でない限り、学園内への道具の持ち込みは可能になっていますから」

「はぁ……そうだったのかぁ……」

言いながら、灯里の中にひとつの懸念が過った。

恐る恐る雪影に尋ねる。

「……あの、先生。もしかして道具によって呪術の出来栄えが変わるとか、あります？」

「もちろん」

その言葉に、灯里は座席に沈み込むように脱力した。

「何それ……みんな、ずるくない……？」

「灯里さん。そんなことは、陰陽師に限らずよくあることですよ」

「それは、そうかもしれませんけど……」

言葉と裏腹に、灯里は唇を尖らせた。

雪影の言っていることも分かる。誰がずるいわけでもなく、悪いとしたら知らなかった、知ろうとしなかった自分だということは、陰陽師に限らず一般社会でも往々にしてあることだ。

けれど、それでも思うところはある。

「っていうか先生。教えてくれたらよかったのに」

「なぜ？」

「その方が、特訓で苦労することも少なかったんじゃないかなって」

ふっ、と雪影が鼻で笑う。

「道具が違ったら、もっと簡単に式神を出せたり呪術を使えたりした、と？」

「……違うんですか？」

「灯里さんは、雅楽の授業も受けていますね」

「え？　はい、受けてますけど……」

「では訊きましょう。君はいい龍笛を使えば、最初からいい演奏ができると言うのですか？」

「あー……無理ですね」

雪影の言葉に、灯里は納得した。

龍笛はそもそも音すら出せなかったのだ。今でもクラス一下手な自覚がある。楽器をいいものにしたところで、演奏技術がさして向上するとは思えない。

「いくら道具がよくても、使う者が未熟であれば道具のよさは出せません。逆に、手練れが使えば十分以上に引き出せましょう」

「なるほど……あの、それは今の俺でも？　あ。もちろん多少の話ですけど」

「自信がないのであれば、買いに行かなくてもいいのですよ。別に、このまま学園まで汽車で往復するだけでも——」

「いえ！　買いに行きましょう！」

雪影の発言を遮るように、灯里は慌てて口にした。

道具の見立てなど、灯里にはさっぱりである。雪影が直々に選んでくれるというこの機会をみすみす失いたくはない。

「あ。でも先生、俺、あんまりお金持ってないです。そんなに高いものは買えないんですけど……」

「そこは心配に及びません。学園の支援金を使いますので」

さらりと答える雪影に、灯里は首を傾げる。

支援金が出るなど初耳だったからだ。

その様子に、雪影が肩を竦めた。

「入学の際に各種支援制度の書類を渡されているはずですが」

「あー……読んだような、ないような……？」

「君は学園の支援制度についても知った方がいいようですね」

はあ、と雪影がため息をつく。

「あはは、学園に戻ったら資料を見直してみます……というか、うちの学園ってお金あるんですね？」

「お金があるというか、うちは学校法人と言いながら公設民営の学校ですから。学生への支援には国からの補助があります」

「国立ってことですか？」

「そのように捉えてもらえれば。まあ、一般の国立学校よりも補助はずっと手厚いですがね……というわけで、道具は気にせずに選びなさい」

雪影の説明に、灯里はホッとした。

懐事情を心配しなくていいのであれば安心だ。

現金なもので、途端に気持ちが軽くなる。

緊張と不安で身構えていた灯里は、今日一日が楽しみになった。

汽車に揺られて、二時間ほど。

「立ち止まらずに」

「え？　――あ、はい」

東京駅の改札前、雪影に背を押された灯里は、慌てて前に進んだ。

東京駅の秘密の地下ホームに着いたあと、学園に向かった時と同じチケット――霊符の乗車券で十二支のドーム天井の下に移動した。

しかし、すっかり油断していたので、灯里は空間を移動した直後ぼんやりと立ち尽くしそうになった。

それを雪影がフォローしてくれたのである。

「危なっかしいったらない」

「この改札前から入ったことはあっても、出てくるのはまだ初めてなんですよ……！」

「起きうることは体験したことばかりではありません。ある程度は予測しなさい」

手厳しい、と灯里は目を眇めた。

特訓ではない外出であっても、雪影は基本的に変わらないらしい。

「で、どこに行くんです？」

「浅草（あさくさ）、神保町（じんぼうちょう）、日本橋（にほんばし）へ」

「な、なるほど……？」

灯里は納得したように言ったが、内心、首を傾げていた。

聞いてみたところで、地名は知っていても、それがどこなのか分からない。生まれも育ちも東北という灯里には、東京は馴染みのない異国のような土地である。

雪影についてゆくうちに、東京駅の駅舎から出た。

「電車には乗らないんですか？」

「ええ、タクシーで行きましょう。方角的に凶方位を避ける方違え（かたたが）をする必要もありませんし。それに、この暑さです。休みを目的とする以上、いたずらに体力を消耗する必要もないでしょう」

灯里は駅舎の外に目をやった。

日差しが建物の壁や窓ガラスに反射して眩しい。山中の学園とは違ってあまり緑がないせいか、焼けるような暑さである。

確かに、あまり歩きたくはない気候だ。

「それに、駅の人混みの中で迷子になられても困りますしね」

「あの、先生……いま俺のこと田舎者扱いしませんでした？」

「いえ別に？」

雪影が薄く微笑む。

絶対にしただろ、と灯里は眉間に皺を寄せた……実際、実家は田舎なのだが。

「自然の中で行ってきた特訓の息抜きなのです。空気がまるで異なる都会に来たのはそういうこと……問題を起こさずに堪能しなさいということですよ」

それらしいことを言って、雪影は口角を上げた。

後付けの理由ではなかろうか、と疑いながら、灯里は黙って彼のあとを追った。土地勘のない街だ。ついていかないと、人混みでなくとも迷子になってしまう。

雪影の「遠くの店から行って、駅へと戻ってくるような順にしましょう」という提案で、タクシーに乗り込んだふたりはまず浅草へと向かった。


下町の情緒が漂う浅草は、観光客で賑わっている。

しかし、雪影が向かったのは、観光客のいない、閑散としている裏道だ。

人の流れを無視して進み、どこをどう歩いたのか分からなくなるほど細い道を右に左に折れた先、薄暗い路地にその店はあった。

　レトロな骨董店のようだ。

　中に入ると、路地とは対照的に店内は温かみのある橙色（だいだい）の光で満ちていた。光源は天井から吊るされた様々なランプだ。

「いらっしゃいませ——あら。誰が来たかと思ったら雪影ではありませんか」

　中から出てきた店主らしき美しい女性が、雪影を見て微笑んだ。

　雪影も「こんにちは、鈴香（すずか）さん」と応じる。

　どうやら雪影と彼女は顔見知りらしい。

「そちらの子は？」

「うちの生徒です」

「そうなのね。かわいらしい」

　彼女の言葉に、灯里の眉がぴくっと動く。

　……かわいらしい、とは何だ。

　そんな灯里の憤りには気づかぬ様子で、ふたりは話を進めてゆく。

「今日はこの生徒のために、式盤を見せていただきたいのですが」

「式盤ね。えーと……あら、この子は——なるほど」

雪影と目配せして、鈴香は何やら納得したように頷く。

何なのだろう、と灯里は怪訝に思ったが、大人しくしておいた。非礼があって、雪影を怒らせると面倒である。

「この式盤はどうかしら。たぶん合っていると思うのだけれど」

奥に一度引っ込んで戻ってきた鈴香は、木箱をひとつ抱えてきた。

中を開けると、四角い地盤に円形の天盤が重なるように組まれた式盤が出てきた。

「はい。触ってみて」

促されて、灯里は箱の中から式盤を取り出した。

と、妙に手に馴染む。学校で使っているものとは、まるで違った。

「ね。いいものでしょう？」

鈴香がにっこり微笑んだ。

「式盤の材質は基本的に決まっているけれど、これは厳選した素材を使っているの」

鈴香が言うには、式盤を作るには天盤は台湾楓(たいわんふう)の瘤(こぶ)である楓人(ふうじん)、地盤は落雷にあった棗(なつめ)の木と、材料が限定されているらしい。

「先生。俺これがいいです！」

「そうでしょうね。最初から決まっていたようですし」

「？　それって、どういう……？」

戸惑う灯里と黙っている雪影に、ふふ、と鈴香が微笑む。

「いい品には、いい神が宿るわ。きっとその式盤は、あなたが物事を占う際に助けてくれるでしょう」

大事にしてちょうだいね、と言って鈴香は式盤を包装してくれた。

「あなたはきっと強くなるわよ。頑張ってね」

店を出る時、鈴香は灯里にそう言った。

買い物の満足感に加えて、その言葉が嬉しかったからだろう。最初こそ鈴香に抱いた不信感のようなものを、灯里はすっかり忘れ去っていた。

「鈴香さん、綺麗な人でしたねー」

「そうですね。鬼ですけど」

にこにこしながら骨董店の美人店主を思い返していた灯里に、雪影がいつものような淡々とした口調で言った。

灯里は、その言葉に耳を疑う。

「……先生、それは失礼に当たるのでは？」

「事実ですけど……ああ。灯里さんは勘違いしているようですね」

「勘違い？」

「あの人は、伝説の鬼ですよ。よく似た名前を授業で習いませんでしたか」

「伝説の…………………え？」

それらしき名前を思い出して、灯里は思わず疑問の声を上げた。

しかし、あまりに有名すぎる鬼だ。

しかも伝説上では亡くなったという話である。

「……生きてたんです？」

「生きてましたね」

「待ってください。なんで浅草でお店なんかやってるんですか」

「長生きしていると暇らしいですよ」

雪影があまりにも平然と答えるので、そういうものなのか、と灯里も思ってしまった。

……世の中には、知らないことがたくさんあるようだ。

浅草の次は、神保町で霊符作製のための道具を買う。

たどり着いた神保町は、古書店が立ち並んだ街だった。

本を陳列する棚や台が、まるで露店のように歩道の至るところに連なっている。

「はー……」

「置いていきますよ」

ぼんやりそれらを眺めていた灯里は、雪影の声で我に返った。慌てて後を追う。

しばらく通りを行くと雪影が足を止めた。

店先に本はなく、代わりに達筆な文字で店名を綴った看板が立っている。

「ここは、書道の……？」

「ええ。書道用品店です」

灯里の疑問に答えながら、雪影は店の中へと入っていった。

確かに霊符を作製する道具は書道の道具と同じだ。そう今さら納得しながら灯里も中に入る。

店内で、雪影は次々と品を見繕っていった。

様々な素材で作られた和紙に、細筆。

上等な硯に濃墨、赤い紋様を描くための朱砂。

印泥などにも使われる朱砂は、日常使用での毒性こそ低いものの食用ではないので、呑み込んで効力を発揮させる霊符・〝呑符(のみふ)〟には使えない。そのため、今後の授業で行うであろう呑符の作製用に、紅花由来の紅も必要だ。

書道用品店でそれらを購入し、ふたりは店を出た。

ふと灯里が見れば、雪影も手荷物が増えている。

あれもこれもと商品を前にして目を回していた灯里をよそに、雪影は手際よく自身の買い物を済ませていたようだ。

「……ずるい」

灯里の呟きに、先を歩いていた雪影が怪訝な顔で振り向いた。

……相変わらずの地獄耳だ、と灯里は頬を引きつらせる。

「なんです？　他に何か欲しいものでもありましたか？」

「いえ、何でもないです」

首を傾げた雪影に、灯里は首を振る。

欲しいのは、雪影のような大人の余裕だ。

探したところで、それはきっと、どこにも売ってはいないけれど。

神保町での買い物を終えたふたりは、道中で食事をとりながら、最後に東京駅にごく近い日本橋へと向かった。

しかし、たどり着いたその店先で、灯里は首を傾げた。

「……刀剣？」

「入りますよ」

看板に書いてある文字を読み上げる灯里をよそに、雪影がさっさと店内に入ってゆく。見れば分かる、説明は不要だろうという様子だった。

入り口に立ちっぱなしでも仕方がないので、灯里も雪影のあとに続く。

店の中には、日本刀が飾ってあった。

ショーウインドーから見えていたが、腕より長い長物から手のひらサイズの小刀まで、店内には様々な長さの刀がいくつも並んでいる。

「かっこいー……」

灯里は惚れ惚れと刀を見つめ、ため息交じりに呟いた。

しかし、同時に我に返る。

なぜこのようなところに連れて来られたのだろう？　鈴香の骨董店や書道用品店はまだ理由が分かったが……。

「……先生。刀を買うんですか？」

「買い物が、本日の目的ですからね」

「あの、授業で刀とか使ったことないんですけど——あっ！　もしかして、これからそういう授業があるんですか？　刀を振るような機会が？」

「君の考えているような機会は当面ありませんよ。いいから少し落ち着きなさい」

窘められて、興奮気味だった灯里は「はい……」と大人しくなった。

しばらく好きに見ていていい、と雪影に言われたので、灯里は店内をぶらつくことにした。あまり見る機会がない刀だ。美術館にでも来たような気分で眺める。

雪影はというと、店主らしき老爺を捕まえて何やら尋ねていた。

「灯里さん」

しばらくしたのち、雪影から声がかかった。

こいこい、と手招きしている。

灯里は彼のもとへと向かう。

すると、老爺が話しかけてきた。

「こちらはいかがでしょう？」

差し出されたのは、筆と同じような長さの小刀だった。

鍔もなく、柄と鞘とがぴったり納まる合口になっている。赤みがかった漆塗りの造りで、表面に金の波千鳥が舞っていた。

「おー、いいですね！　……あ。けど先生。これ、ちょっと小さくないですか？」

「いいのですよ。〝呪禁(じゅごん)〟に使う刀ですので。刀は災いを切るもの。〝身固(みがた)め〟にも使えます」

「じゅごん？　身固めは、あの、邪気を祓う……？」

灯里の問いに、雪影は「そうです」と頷いた。

登山の特訓で身に着けた反閇も、身固めの一種である。

「呪禁は道教に由来する、刀や杖を用いた邪気退散の術のことです。ああ、道教系の術は一年生の授業ではまだやりませんでしたね」

雪影が思い出して補足した。

初耳だった灯里が首を傾げていたからだ。

「刀は太刀などを用いる場合もありますが、これくらいのサイズが持ち運ぶにはちょうどいいでしょう。普段もそうですが、適性試験の際には、これを懐剣として持っておきなさい」

「それって……まさか、これを使う試験になるってことですか？」

「試験内容を漏らすようなことはしませんよ」

　チッ、と灯里は内心で舌打ちした。

　陰陽師学園の試験は毎年その内容が異なるらしく、前年の試験のみでは対策として不十分である。教師たちも「ここ試験に出るぞ」とは教えてくれない。

　けれど特訓までしてくれている雪影なら少しくらい……と灯里は微かに期待していた。

　だが、期待するだけ無駄だったらしい。

「先生、俺、呪禁とかまだできませんけど」

「そうでしょうね。教えてませんし」

「？　二年生になったら使うから持っておけ、みたいな？」

「それもそうですが、お守りとして持っておくといいです。いつ必要になるか分かりませんからね……で、どうします？」

「じゃあ、これで！」

　灯里の小気味よい返答に、店主が「ありがとうございます」と言ってにこりと微笑む。

　桐箱に梱包された小刀を受け取り、ふたりは店を出た。

　国内で刀剣を所持する場合は、銃砲刀剣類登録の手続きが必要になる。

　だが、それは学園に申請すれば代理で行ってくれるという。これも陰陽師学園のみに適用される制度のようだった。

「買い物は終了です。学園に帰りましょう」

腕時計で時刻を確認し、雪影が言った。

気づけば、汽車の最終便の時間が近い。

日本橋の刀剣専門店から東京駅までは目と鼻の先だったので、ふたりはまだ日中の暑さが残る街中を歩いて戻ることにした。

かさばる荷物に、灯里は思わず笑みを零す。

こんな風に買い物をして満足感を得たのは、思い返しても初めてのことだ。

東京駅の地下ホームに戻ると、地上と異なり涼しかった。

入学時と異なり、座席はガラガラだ。灯里たちは悠々と好きな席に座る。

「はぁー……学園も暑いですけど、東京も暑かったですね」

「京都に比べればマシですよ」

「先生、夏の京都に行ったことがあるんですか？」

「ええ、まあ、仕事で」

京都と言えば、西の陰陽師学園がある。

そう涼介が言っていたのを思い出した灯里は、仕事でそこに行ったのだろうな、と何となく思った。雪影の仕事は教師だからだ。

「それにしても、たくさん買いましたねー……あ。そういえば」

手元の荷物を見て笑った灯里は、そこでふと思い出した。

「先生、いくらかかったんですか？」

今日一日、支払いは雪影がしてくれていた。

なので、灯里は本日の購入金額を知らない。

「領収書、見ます？」

「はい。見ます――……ぃいっ⁉」

差し出された領収書を順繰りに見て、灯里は絶句した。

……ゼロの数が、思っていた以上に多い。

「どうしました？」

「先生……これ、支援金とやらで足りるんですか」

「ええ、もちろん。国家に利をもたらすであろう、将来有望な陰陽師候補への支援ですから」

「こ、こんなに……」

灯里は領収書を睨んで呻く。

足切り試験があるのも頷けるというものだ――と、灯里はそこで思い出した。

「そういえば、先生はなんで、俺の特訓に付き合おうと思ってくれたんですか？」

同級生たちの何人かが、試験通過を望めずに自主退学しているという。

その退学していった同級生たちと比較しても、灯里の力は劣っていた。灯里自身も自覚していた。

だというのに、雪影は特訓に付き合ってくれている。

教員の中でも比較的……いや、最も灯里の実力不足を嘆き、毎度の授業で叱責していたというのに。

「他の各教科担当の先生方から相談があったからですよ」

「相談……？」

「遠山灯里が酷すぎる、と」

「ええ……先生たち、俺にそんな酷い評価を？」

「ですから、特別に酷い、と言ったじゃありませんか」

言われて灯里は思い出す。

教室にひとり残り愚痴っていた時、現れた雪影にそう評されたのを。

「まさか先生たちの間でそんな話になってるなんて……」

「まさか、そんな話にはなっていないだろうと思っていましたか？」

「そんな酷い評価は、雪影先生からだけだと思ってたんです」

「『特別に酷い』から『マシ』になったのですから、いいじゃありませんか」

雪影の言い方は気になったものの、それは確かに……と灯里も思った。

最初は術のひとつも使えなかったのだ。あのままであれば、こうしてよりよい道具を選びに来ることもなかっただろう。

と、灯里は抱えていた疑問を思い出した。

「あの、先生。質問しても？」

「答えられることでしたら」

「えっと……俺、ずっと考えていたんです。俺には陰陽師になれる才能がある。でも、それは周囲と比べて全然で……学園から案内状が来るほどじゃない。だから、入学は何かの間違いだったんじゃないかって思ってました」

「単刀直入にお願いします」

「あー、つまりですね……俺、なんで学園に入れたんでしょうか？」

灯里は慌てて質問をまとめた。

と、雪影はわずかに考えたあと、

「さあ？」

と言って首を傾げた。

その答えに、灯里は目をぱちくりさせる。

「さ、さあ、って……」

「私には分かりかねます。入学者を選定する立場にはありませんので、答えられません」

「それは——……そうですね」

追及しかけて、しかし灯里は納得した。

選んだのが雪影ではないのなら、彼に答えを訊いても無駄だろう。

「先生に無理なことを答えられるとしたら、土御門学園長ですかね」

「というか、灯里さん。そもそも、その答えは必要ですか？」

「え」

「理由があってもなくても、灯里さんは学園に入学した。そして陰陽師を目指している
……これは変わらない事実です。もし学園側の手違いがあったとしても、見合う実力さえあれば学園都合による退学はありません」

「あ。それって、試験のこと……？」

雪影が「そのとおりです」と頷いた。

手違いで入学した者も、試験で足切りにあえば退学となる。

逆に試験に堪えうる実力を有する者なら、手違いの入学も手違いではなくなる。

つまり、結果は変わらないということだ。

「実力さえあれば、手違いで入学したとて学園に残ることができます。つまり、君がやるべきことは試験に向けて集中すること。他の雑念は不要なものです」

「なるほどー……うん。確かにそうですね！」

雪影の言葉を嚙みしめて、灯里は同意した。

言われたとおり、悩んだところで結果は変わらない。灯里自身が学園でまだ学びたいと思っているのだから。

確かに入学の理由を考えたところで、それは雑念なのかもしれない。

「雪影先生って、いい先生ですよね」

「なんです。藪（やぶ）から棒に？」

「いや、他の先生から相談があったって言っても、普通、放課後も夏休みも毎日特訓に付き合ってくれたりしないし。今日みたいに買い出しにまで連れてってくれて……ありがとうございます」

頭を下げる灯里に、雪影は面食らったらしい。

黙ったままの雪影に、灯里は首を傾げる。

「あの、先生？」

「……すみません。手厚すぎたかもなと思い返していたもので」

「え」

「君には私の余暇時間を大いに費やしました。もしかしたら勿体ないことをしたかもしれないな、と」

「ご、ごめんなさい……？」

「冗談ですよ」

申し訳なさで身を竦めた灯里に、雪影が目を細めて言った。

ホッとしながらも、灯里は内心で毒づく。

……この教師、冗談が分かりにくすぎる。

「特訓も今日の買い出しも、私の判断で行ったことですからいいのですよ。ですが、礼を言うのは試験を通過した時にしてください」

「試験を通過……」

「するつもりなのですよね？」

「もちろんです！」

「よかった。入学の事由だなんだと言い出すものですから、辞めたくなったのではと心配しましたよ」

「辞めたら、それこそ勿体ないじゃないですか」

手元の荷物に目をやって、灯里は言った。

買った道具だけじゃない。特訓に費やした時間は、かなりの長さになる。

「それに、先生の言葉が冗談じゃなくなりますし」

灯里の言葉に、雪影が口の端を上げた。

「分かっているようで大変結構」

「先生のためにも、試験は通過してみせます」

「そうしてください……と、時間のようですね」

ジリリリと発車を知らせる甲高いベルが鳴り響いた。

ベルが止み、ガタン、とひとつ揺れたあと、汽車はゆっくりと動き出す。

車窓の中を薄暗いホームの景色が流れ始め、やがてホームが見えなくなる。

「試験の内容については教えられませんが――」

窓の中が完全に闇色になった頃、雪影がぽつりと口にした。

「――それがどんなものなのかを伝えても、問題にはなりません」

外を見ていた灯里は、何と言われたのか一瞬分からなかった。

「え……あっ、はい！　……いいんですか？」

「あくまで内容以外の話ですので。であれば、試験には何の影響もないでしょうから」

「な、なるほど」

狼狽えた灯里は、そこで冷静になった。

そもそも特定の生徒の有利になるような情報を、雪影が教えてくれるわけがない。手段を教えてはくれるが、答えは本人に出させる――そういう性格だと、彼の特訓を受けて灯里は理解していた。

「試験ですが、毎年三割が足切りになっています」

「け、結構切られるとは聞いてましたけど、三割って多くないですか……」

「そうですね。前後の自主退学者を含めると、入学時の半分程度に絞られます」

「前後？」

「足切りにあわずとも、辞める者がいるということです」

「え、受かってるのに？　なんで？」

「陰陽師というものがどういうものなのか、ようやくそこで理解するからでしょう――ああ、でも、今年の生徒たちは少し耐えられるかもしれませんね」

「今年？　何か違うんですか？」

「君がいますから」

「それって下を見て安心する的な話なのでは……」

雪影が無言で微笑んだ。

灯里はその表情で理解する。

試験に受かっている前提で話してくれているのは嬉しいが、この件について、これ以上は触れないほうが精神衛生上よさそうだ。

「……俺も耐えられますか？」

口を噤(つぐ)んだ雪影に、灯里はダメ押しで訊いてみた。

と、雪影がおかしそうに喉を鳴らす。

「君は、なかなかしぶとい」

「すみません。先生とじっくり話せる機会なんてあまりないので、訊けることは訊いておこうと」

「そうではなく、特訓で見た君への評価ですよ」

「……あ。そっちか」

「私の特訓に耐えうるのであれば、それについてはあまり心配せずともよいでしょう。試験までの数日で逃げ出す可能性もまだ捨てきれませんが」

「いや逃げませんよ」

灯里は即座に答えた。

ここまでやって来て逃げるのなら、特訓初日にとっくに逃げ出している。

と、過ごしてきた日々を思い返して、確かに自分はしぶといようだ、と灯里は雪影の評価に同意した。磐座まで往復してからの呪術訓練……あんなに無茶苦茶な特訓を言われるがまま毎日毎日……。

「……っていうか、先生、試験まで特訓に付き合ってくれるんですね」

「君が望むのなら」

「もちろん、お願いします！」

やった！　と喜ぶ灯里に、雪影はやれやれというように微笑んだ。

と、安心したからか。

灯里は、急に眠気に襲われた。

連日の特訓に加えて、今日一日、真夏の見知らぬ土地を歩き回ったからだろう。疲労が、どっと押し寄せてきたようだ。

まだ雪影と話をしたいのに、どうにも瞼が重い。

まるで単調な陰陽道史の授業を聞いている時のように、舟を漕ぎそうになってしまう。

「眠っても構いませんよ」

雪影が言った。

その許しの言葉に、力が抜ける。汽車の揺れが心地いい。

うとうとしていた灯里の意識は、ゆっくりと眠りの中に落ちていく。

「しやむしは、いねやさりねや、わがとこを、ねたれどねぬぞ、ねねどねたるぞ」

曖昧になる意識の片隅で、灯里は声を聞いた。

子守歌のような――これは呪文だろうか。

意味はよく分からない。だが、眠っても大丈夫だと言われているような心地のよい響きだ。

灯里は、そのまま眠りに落ちた。


「――ここまでは上々ですよ」

安眠の呪文を唱えた雪影は、眠りに落ちた灯里を前にひとり呟いた。

暗い外を隔てる窓に目をやれば、鏡のように己の顔が見返してくる。映り込んだ雪影の表情には、何の感情も浮かんではいない。

彼の心のうちは、彼のみぞ知る。

ただその冬の湖色の瞳には、微かな哀愁が漂っていた。

雪影は、そっと灯里の抱えていた荷物のひとつを取り上げる。

そうして、手にしたその品を刀印を結んだ指でなぞった。

「南斗、七斗、左青竜、右白虎、前朱雀、後玄武。

避深不祥、百福会就、年齢延長、萬歳無極……」

静かな囁きに呼応するように、その品が微かな光を帯びる。

それを確認して、雪影は元の場所に戻した。

「これが私の過保護ということで済めばいいのですがね……さて、あとはどこまで行けますか」

眠っている灯里には、雪影の小さな呟きは届かない。

ふう、とついた深いため息も、誰に届くこともない。

それが汽車の揺れる音に紛れ消えてゆくのを、吐き出した雪影だけが聞いていた。

安倍雪影
御用達の店

呪術道具……『三明』（浅草）

創業年不明の謎の老舗骨董店。
欲しいものが欲しい時に手に入る。
店主がまるで老けないことを不思議がる者もいるが、
近隣に昔から住む人間たちは、
よく似た娘や孫娘が店を継いだと思い込んでいるらしい。
「そのような道具もございます。ご入用でしたらぜひ当店まで」。

筆記用具……『雁行堂』（神保町）

明治時代後期に創業の書道用品店。
陰陽師が使うような店の中では比較的新しいが、
取り扱っている筆や墨は室町時代より続く
老舗中の老舗で製造したもの。
情報通の若い陰陽師たちの間で、
口コミにより人気を伸ばしつつある店。

刀剣武具……『刀剣　叢雲』（日本橋）

創業二百年になる刀剣商。
かつては江戸幕府に連なる武家御用達の店だった。
第二次世界大戦の最中には地方に拠点を移動、
当時から鍛刀も行っており、現代でも販売中。
手ごろなものから最上大業物まで扱っている。

※番外編　ランチ……『ラ・カンパネラ』（東京）

雪影が都内に出る時に必ず立ち寄る、
知る人ぞ知る隠れ家的レストラン。買い出しの途中、
灯里も雪影に連れられて訪れた。
麻布の一流ホテルで修業したシェフが五十年前に開業。
以来、常連が途切れることなく足繁く通っている。
メニューは洋食が基本で、特に看板メニューのハンバーグが絶品。
時々シェフが気まぐれで付けてくれる和食の小鉢も小技が効いており、
それを楽しみにしている者も。
味に惹かれた人ならざる者たちも通っているなどと噂される。

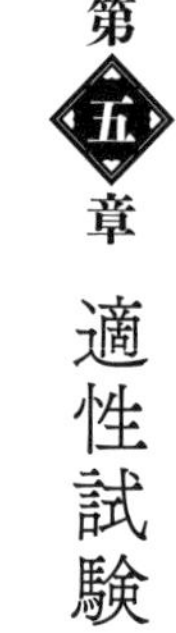

第五章 適性試験

実のところ、灯里は負けず嫌いな性格である。

陰陽師学園に来てからはそういった挙動は少なくなっていたが、それは自分が競える段階にないと、周囲との実力差から一瞬で理解したからだ。

何年も前から、それこそ物心つく前からの恵まれた環境でその道に生きてきた人間たちと、何の力も知識もない自分――比較にすらならない、なりようがないと思ったのである。

その圧倒的な差は、灯里から競争心を奪った。

自分にできないことができる同級生たちをすごいと手放しで賞賛できたのも、当事者としての意識がなかったからともいえる。

けれど、悔しくないわけではなかった。

周りにできて、自分にできない。なぜだ。できるからこそ学園に呼ばれたのではなかったのだろうか……そんな風に疑問に思い続けてきた。だからこそ雪影が手を差し伸べてくれた時、すぐにその手を取ることができたのだ。

無風で浮いていた帆船に、追い風が吹いたようだった。

それだけで、急に前に進める気がした。

多少――いや、かなり厳しい特訓だったことは間違いない。

こういった特訓が陰陽師としては当然なのかな、と途中で過った考えも、涼介を始めクラスメイトたちによって否定されている。普通ではない、と。

実は、彼らの反応で灯里はホッとした。

普通ではない……ということは、彼らよりも頑張れているかもしれないということだ。

努力はその方向性を間違えてしまうと、求めた結果から逆に遠退くことがある。

だが、灯里がその心配をするのは無意味なことだった。

何が正解か分からないからだ。

そして雪影は、絶対的に灯里よりもこの陰陽道に詳しい。

彼に授けられた特訓を熟すことが、灯里に考えられる最良の努力だった。

実際、特訓によって、灯里はできなかったことができるようになっている。努力がまるで無意味というわけではなかった証拠だろう。

同級生たちとの差は、依然として存在している。

しかし、灯里は入学したての頃とは違う。

式神を出し、使役できるようになった。基礎的な呪術が使えるようになった。その術の効果を見るための〝目〟も、徐々にではあるが養われつつある。

できないことも、まだ確かにある。

それでも入学から五ヶ月。まだ五ヶ月だ。

雪影の特訓を受けていた期間に限れば、三ヶ月しか経っていない。

たとえ学年の一団から実力が離れていても、追いつける可能性がゼロではないのなら、灯里は足掻こうと思っている。

この学園に残るために。

涼介と卒業まで友達でいるために。

時間をかけて特訓を施してくれた雪影の恩に報いるために……。

「……これで、よし」

筆を置いて、灯里は満足げに頷いた。

硯、霊符用の和紙――自室の机の上に並ぶのは、夏休みの終わりに雪影に連れられて買いに行った道具だ。墨や朱砂で複雑怪奇な紋様を描いたこれらの霊符は、試験で使うものである。

浅草の骨董店で買った式盤も、運気を占うなどして毎日使っていた。道具に慣れて、式占の腕を上げるためだ。

自室で作った霊符を何枚も窓辺で乾かしながら、一息ついた灯里は式盤を手に取った。

……みんなに追いつきたい。

もっとこの学園で学んでいたい。

そのためにも、明日の試験は絶対に受からねばならない。

最高の運気になりますように、と祈りながら、灯里は式盤を回した。


決意を抱き眠りに就いた一夜が明ける。

まだ薄暗い早朝、灯里は汽車に揺られていた。

斜め前の座席には涼介が……そして車内には、他の同級生たちの顔も並ぶ。

この汽車は、東京駅行きではない。

向かっているのは、学園が所有する演習場だ。

陰陽師学園を囲む奥深い山地には、廃村や旧跡など、遺棄された施設群が点在している。この施設群が、陰陽師の実践的な訓練を行う場所になっているのだ。

実践的な訓練とは、主に怨霊の索敵から浄化である。

現代の陰陽師という職業が最終的に目指すのは、災禍を退けることだ。過去には呪殺や蠱毒（こどく）といった血なまぐさい行為も行われていたが、今では明確に禁忌とされている。

さて、災禍というものには、たいてい原因がある。

この世ならざる存在である〝隠〟。その影響であることが少なくないのだ。

隠とは、広義には肉体を持たぬ霊の総称である。その名の如（ごと）く、本来は人の目には見えない存在だ。

そして霊とは、万物に宿る精気のこと。

本来であれば自然の中で浄化され循環するもので、それは生物から抜け出た魂である死霊も例外ではない。

ところが、このうち自然に浄化されぬ霊というものが存在する。

それが災禍を招くとされる霊——怨恨を抱えている〝怨霊〟だ。

隠のうちこの怨霊の類は、放っておくと瘴気を放つ。そして蚕（かいこ）の幼虫が繭（まゆ）の中で育つように、この瘴気の中で怨霊は成長する。

このような怨霊は、何かをきっかけに肉体を得て鬼に転ずる。人に憑りつきその肉体を鬼に変態させることもあるが、周囲の瘴気を吸収・凝結させて実体化することが多い。

この鬼に近ければ近いほど、怨霊の浄化は難しくなる。

だが反対に、発生初期であるほど容易だ。

陰陽師学園の一学年で行われる適性試験は、この初期の怨霊を見つけ出し浄化する能力を測るものである。そのため演習場には結界が張られ、初期の怨霊だけが用意されているのだった。


小一時間ほどの時間が経過した時、汽車が速度を落として停まった。

どこかの駅のホームのようだ。

学園から配布されている懐中時計を見れば、既に日の出は過ぎている時間である。しかし窓の外は薄暗い。

灯里たち生徒は、教師たちの誘導で汽車を降りた。

そこで灯里は薄暗い理由に気づいた。

「森の中……」

深い森の中だ。人の手がまるで入っていない。

石畳が風化したホームの先にあるのは、古い木造の駅舎だ。朽ちかけている。

その木造の駅舎の外で、生徒たちは説明を受けるために整列する。

引率の教師たちは十余名。

雪影を始め普段の授業で世話になっている教師たちの顔が並ぶ。それを見て、灯里は少しホッとした。

教師たちを代表して、ひとりの中年の女性が歩み出た。

入学時に汽車で引率をしていたひとり・静子である。

彼女は『結界』の授業を担当している教師だ。普段から優しい教師だが、灯里の不出来な授業態度にはさすがに苦笑している。

「皆さん、しっかりと目は覚めていますか」

穏やかな口調で彼女は話し始めた。

だが、続く言葉に生徒たちは気を引き締める。

「試験の〝記録符〟も持ってきていますね？　持っていない者は、この場で失格です。試験中に紛失した者も原則失格となりますので、提出まで大事に携行するように」

生徒たちの一部が、確認するように制服に触れる。

記録符は、行動を記録する霊符だ。

試験中に携行しておけば、どこで、どのような方法で隠を浄化したかが仔細に記録され、提出することとで成績が判定される。テスト用紙のようなものだ。

「さて、今回の試験は、この廃村で行います」

灯里はその言葉で周囲を見回した。

見える範囲は深い緑で、建物の類は見えない。

駅舎とホームがなければ、ここにかつて村があったとは信じられない光景だ。

「村は昭和後期に人が消え森に呑まれましたが、結界の力で建物はまだ朽ち果てることなく残っています。

皆さんには、これから試験終了までの間、森に点在する集落跡を探し出し、そこに残る怨霊を浄化してもらいます。怨霊と言っても、学園で用意した発生初期のものばかりですので安心してください」

学園には、霊や霊が憑りついたいわく付きの品が保存されている。

各地の陰陽師が生け捕りにしたもので、主に授業に使われていた。雪影の授業で使った壺などがそれだ。

その霊が、試験のためこの廃村にばら撒かれているらしい。

「浄化の数は、ひとり当たり五体……一学期で身に着けた力が十分なものなら、この適性試験は無事に終えることができます。

しかし、不十分な者にとっては危険な試験にもなるでしょう。試験続行が不可能な場合は、式神の鳥を飛ばして知らせなさい。それが無理な状況でしたら、今から配る発煙筒を使いなさい。教師陣の式神が上空から監視していますので、すぐに駆けつけます」

静子の説明のあと、制服のポケットに入るサイズの筒が配られた。

と、挙手をする生徒がいた。

「先生。発煙筒を使った場合、試験の結果に影響はありますか」

「状況によります。みだりに使った場合には、相応に減点の対象となるでしょう。記録符に残る行動記録で判定されます。他には――」

それから静子は、試験の注意点をいくつか話した。

試験の時間は八時間で、規定の数の浄化をこなした者からここに戻ってきてよいこと。生徒たちは互いに協力してもいいが、それも記録符には残り、減点や加点は分配されること。半径五キロの場所に結界があり、そこは越えられないようになっていること。危険な野生動物に遭遇した場合は所定の方法で距離を取ること、森の中には崖があるためくれぐれも注意することなど……。

「他に質問はありますか？」

静子が促すも、誰も手を挙げなかった。

「では、十五分後に開始です。それまでに準備をするように」

生徒たちはそれぞれ持参した呪術道具を確認したり、汽車のお手洗いに走ったりした。試験の間は必要に応じて戻ってきてもいいらしい。

協力しようと相棒を探す者もいた。だが、同じようなそこそこの実力の者同士でしか成立しないようだった。

というのも、実力に自信のある者たちは上位の成績を狙っている。彼らは誰かの力を頼りにしてはいないらしい。

涼介は、そのひとりである。「せっかくやるんだし、学年トップを狙うよ」と言っていた。使役する式神のアグレッシブな性格からも分かるように、ああ見えて彼は灯里以上に負けん気が強いのである。

そして灯里は、学年の中では未だ劣等生だ。

協力を持ち掛けてくる者はいないし、灯里も端から期待していない。涼介を頼るなど論外だ。友人の足を引っ張りたくはない。

（……それに人に助けられてしか残れないなら、遅かれ早かれ退学だしな）

落ち着かない生徒たちの間で、灯里は持ち物を確認する。

学園支給の肩掛け鞄の中には、飲み物の入った水筒に携帯食品など。

制服の上着のポケットには、懐中時計に霊符入れ。霊符入れの中にはこの日のために用意してきた自作の霊符が何枚も入っている。

内ポケットの記録符も、きちんと納まっているか確認する。腰のポケットには、先ほど配布された発煙筒を入れる。そして腰元には、東京で購入した懐剣を差した。

確認が済んで顔を上げたその時、灯里の視界の端に雪影が映った。

教師たちから離れたところにひとりで立っている。

その静かな気配のせいもあって、まるで景色の一部であるかのように森に溶け込んで見えた。

「先生」

生徒の中から抜け出した灯里は、駆け寄りながら声をかけた。

森の方を検分するように見ていた雪影が振り向く。

「準備はいいのですか」

「終わりました……たぶん」

「歯切れの悪い返事ですね」

「緊張してるんですよ、これでも……あの、先生。俺、この試験、頑張ります」

「頑張るのは当然ですが」

「死ぬ気で？」

「やってみれば何とか様にはなると、もう君は知っているはずです」

特訓の話だ、と灯里には分かった。

死ぬ気で特訓を続けた結果、確かにそれなりに力はついている。

「じゃあ、試験も死ぬ気で頑張ってきます」

「灯里さん」

その場を去ろうとした灯里は、呼び止める雪影の声に振り返った。

「はい、何ですか？」

「懐剣は忘れていませんね」

「それなら持ってきてますけど……やっぱり試験で使うんですか？」

「試験は怨霊を浄化するのが課題です。それができれば、なんでもよろしい」

どこで必要になるのかは教えてくれないようだ。

問い詰めたところで無駄骨だと分かり切っているので、灯里はそれ以上尋ねなかった。

「分かりました。とりあえず、持っていけばいいんですよね」

「ええ。そうしなさい」

「よく分かんないんで、お守りってことで」

「そう、それはお守りなんですよ。役に立たないに越したことはないんですけどね」

「え、本当にお守りなんですか？　でも、役に立たないに越したことはって——」

「時間、そろそろですよ」

雪影の言葉に、灯里は慌てて懐中時計を見た。

確かにもう十五分が経とうとしている。

「はじめ、と合図されたら、すぐに場所に当たりをつけて走りなさい。近いところから他の生徒も狙うでしょう」

「え。先生、それ」

「試験内容ではありませんから」

言って、雪影は顎をしゃくった。もう行きなさい、というように。

時間もなかったので、灯里はふたりきりのその場から離れる。

生徒たちの輪へと戻るまでの間に、灯里の頭からお守り云々についてはすっかり抜け落ちてしまう。雪影が口にした試験の初動のことで、頭がいっぱいになっていたからだ。

(場所に当たりをつけるって、どうやれば……占術か？　いや、式盤を持ってきてないし……)

昨晩触った式盤は、今日の灯里の運気がよくないことを知らせてきた。それで、何だか縁起が悪いと思い、置いてきてしまったのだ。そもそも式盤があっても、場所を割り出すのに灯里の腕では時間がかかりすぎる。

時間がない中、灯里はうんうん考えた。

そうこうしているうちに、あっという間に時間となった。

「はじめ！」

静子の声で、試験が始まる。

灯里は、それと同時に式神の鳥を飛ばした。

短時間のうちに考えた末、灯里は式神の鳥に上空から集落の場所を特定させ、案内をさせることにしたのだ。

「頼むぞっ……」

他の生徒たちも、それぞれ場所を探り始めた。

何人かは灯里同様に式神の鳥を飛ばしていた。

他には占術を使って特定しようとする者、地脈を読んでたどってゆく者など、それぞれの得意な方法で動き出す。

式神の鳥の帰還を待つ間、灯里は災禍祓除の呪文を口にする。

「元柱固真　八隅八気　五陽五神　陽道二衝厳神――」

己の身体を結界で包み込むように念じながら、灯里は毎朝の日課であるその呪文を唱えた。

もちろん今朝も唱えているが、ここは何があるか分からない場所だ。身を護る結界を塗り固めるように、入念に呪文を重ねる。山の怪異を避ける呪文もあるのだが、浄化対象まで避けてしまっては元も子もないので、そちらの詠唱はやめておく。

と、そうこうしている間に、灯里のもとへ式神の鳥が戻ってきた。

他の者の鳥よりも、最近の灯里の鳥は速く上手く飛ぶ。

毎日の訓練の成果か、使役者の指にも見事に留まるようになっていた。

「集落の場所は分かった？」

「ピュイッ」

「よし、教えてくれ」

命じると、式神の鳥は方向を示すように嘴の先を向ける。

灯里は鳥を肩に載せると、駅舎前の生徒たちから離れ、その方向へと駆け出した。

駅舎を離れて早々、灯里は額に一枚の霊符を貼り付けた。

目のような紋様を描いた霊符は、隠を視る力を得るためのものだ。これで見鬼の才がない灯里でも隠を探すことができる。

「……うん。視えるな」

周囲に目を配って、灯里は満足げに頷いた。

これなら怨霊も視えるだろう……灯里は、意気揚々と先を急いだ。

悪さをしない森の精霊のような隠が視て取れる。

雪影との特訓での登山により、灯里は山中でも速く移動することができる。

背後を確かめると、ついて来ている者はいない。

涼介から「横取りもあるかもよ」と注意されていたので、灯里は懸念していた。クラスで過去にあったと話していた者がいたらしい。

だが、どうやらその心配は不要なようだ。

横取りしたことも記録符には残る。それが成績にどう反映されるか分からないので、敢えて実行する者はいないということなのかもしれない。

（むしろ、浄化ができるかだな……）

特訓の成果で、灯里はこの試験に堪えうる力を一通り得ている。

周囲と比べて劣ってはいるが、各種の授業にも何とかついていけるようになっていた。

だが、この試験は、ほとんどすべての授業の要素を取り入れたものだ。

索敵のためには占術や風水を使い、歩き回るためには体育で身に着けた体力が必要になる。一見無関係に思えるが、音楽なども浄化に使える。課題を達成できるなら、どのような手法でも構わないという。

そして、このような総合的な力を発揮する科目は、一学年では行われない。

学園には『総合演習』という授業もあるのだが、それは二学年から……つまり、この試験で合格にならねば受けられないのである。

灯里は、霊符の力を得た目の具合を確かめながら進む。

この見鬼の霊符を使うのは初めてではない。雪影に作り方を教わったもので、特訓の際にも何度か使っている。

けれど、実践では初めてなので、どこか落ち着かない。

同級生たちには、子どもの頃から見鬼の才がある。

子どもの頃から、霊というものを身近に感じながら暮らしてきた者ばかりなのだ。霊を探して歩き回るようなことを学園に入る前から行ってきたという話も、灯里は試験前に何人かから聞いていた。

家庭環境を考えても自分は一番不利だろう、と灯里は思う。

けれど、この試験は相対評価ではないという。

着実に課題をクリアすれば、合格できるのである。

さして強力ではない怨霊を五体のみ浄化しさえすればいいのだ。たとえ毎年、三割の足切りがある試験だとしても――。

「……あ。あった」

森の中を急ぎ足で進んでいた灯里は、ふと足を止めて呟いた。

式神の鳥が嘴を向ける先に、古い家屋がいくつか建っているのが見える。

あれが廃村の集落跡のようだ。

灯里は、恐る恐るそちらに近づいていった。

窓が割れている家屋の中をそろりと覗き込む。

風化を遅らせる結界の中とはいえ、森に呑まれてからかなりの時間が経っているせいだろう。朽ち落ちようとしている壁や天井を木々の枝が突き破っている。足元はほとんど地面と化しており、床を突き破って草が生い茂っていた。

灯里はその場で外を見回す。

見える範囲に五軒ある他の家屋も、同じような状態のようだ。

「怨霊、この集落にいるのかな？」

尋ねても、式神の鳥は小首を傾げるばかりだ。

式神の能力は術者のそれに比例する。

集落の位置が上空から分かっても、灯里の式神には怨霊の位置を特定する力はない。

それは灯里自身の感知能力が低いせいである。

「お前のこと、もっと強くしてやるからな」

自分に言い聞かせるように、灯里はそう式神に囁いた。

学園に残ることができれば、より力を得ることができる。そうすれば、式神の能力も高くなる。

「とりあえず、全部覗いてみるか」

目に見える範囲の家屋を、灯里はひとつひとつ覗いていく。

何の気配もしない、抜け殻のような家屋ばかりだった——ただ一軒を除いては。

「ここ、当たりっぽいな……」

最後の平屋の前で、灯里は小さく呟いた。

中に入ろうとすると、冷たい空気の膜が押し返してくるように感じる。鳥肌が立つような感覚は、怨霊から発生する瘴気のせいだ。

ごく、と灯里は唾を呑み込む。

そうして霊符を手にした状態で、ゆっくりと中に足を進めた。その瞬間、

「うわっ」

踏みしめた床がバキッと抜けて、灯里は驚きに飛び退いた。

老朽化が進んでいるため、建物自体が脆くなっているようだ。

「……これ、中に入って建物が崩壊したら、怪我じゃ済まないのでは？」

疑問を抱いた灯里だが、考えても仕方ない、と頭を切り替える。

陰陽師は、状態の悪い場所で活動することもあるという。体育の授業などがあり得ないほど厳しいのは、このような状況下に対応するためなのだろう。

気を取り直した灯里は、平屋の中を慎重に進んでゆく。

玄関に入ると、正面と左手に廊下が伸びていた。部屋を仕切る障子戸などはほとんど外れているのだが、壁はまだ残っていて屋内の全貌は見えない。

ひやりとした空気が奥から流れ出てくる。

奥へ進むたびに、周囲の温度が冷えてゆくようだ。

前後左右を頻繁に確認しながら、灯里は廊下の突き当たりを曲がる。

そうして一番奥の部屋の前で、息を止めた。

(いた……)

部屋の奥に、黒い人影が蹲(うずくま)っている。

よく見れば人影は靄のようで、その内部に小さく光る何かが浮かんでいた。

灯里はその場で目を凝らす。

指輪だ。

あれが、いわば〝核〟の部分――怨霊が憑りついている品なのだろう。

(……やるぞ)

一度ゆっくり深呼吸して、灯里は霊符を構えた。

それから怨霊の様子を確かめる。

同じ場所で、じっと蹲ったままだ。

灯里に気づいていないのか、それとも悪さをしない程度のものが用意されているのか。

授業で使われている怨霊も、夏休み後にようやく生徒を攻撃してくるようになったところである。

……あの怨霊も、きっと襲ってはこないのだろう。

そう思って、灯里は少し落ち着いた。

ならば略式ではなく、多少の時間をかけて正式な呪文を唱えた方がいいだろうと考える。術の効果が高く確実に祓えるからだ。手練れなら略式でもいいとして、灯里程度では話は別である。

すう、と息を吸って、灯里は口を開く。

基礎の基礎として覚え込んだ祓詞を唱える。

「掛けまくも畏き伊邪那岐大神、筑紫の日向の橘の小戸の阿波岐原に――」

灯里は思わず呪文の祓詞を途切れさせた。

それまでじっとしていた怨霊が、突如として飛びかかってきたからだ。

「――っ、祓え給い清め給え！　急急如律令！」

略祓詞に切り替えた灯里は、手にした霊符を怨霊にかざす。

バチィ、と電気がショートしたような音をさせた怨霊が、その瞬間、耳をつんざく悲鳴を上げて灯里の眼前から弾け飛んだ。

灯里の目には、霊符が生み出した光の壁が視える。

そして、その光の壁は、怨霊を捕らえる檻の形になっていた。

（くっそ……ちょっと足りないか？）

じりじり、と灯里の手の中で霊符が焦げ付くような音を上げる。

見れば、端の方が煙を上げていた。怨霊の力に耐える光の壁と呼応しているのだ。すぐに焼き切られてしまうだろう。

……このままではまずい。

そう思った灯里は、空いている方の手で刀印を結んだ。

その刀印で宙に素早く五芒星(セーマン)を描きながら、対応する呪文を唱える。

「バン　ウン　タラク　キリク　アク！」

唱えた瞬間、光の壁が激しく発光した。

セーマンは魔除けの力を持つ呪術紋様だが、一筆で描けるその構造から呪力増幅の効果も併せ持つ。そして今、灯里が刀印で切ったセーマンによって、霊符の力が増幅されていた。

四方を囲む光の壁を抜けようと、黒い靄が足掻き、蠢(うごめ)く。

その言葉を成さない耳障りな悲鳴が徐々に小さくなってゆき――やがて、怨霊は宙に霧散した。

瞬間、ぽとっ、と地面に指輪が落ちる。

それを見て、灯里はホッと胸を撫で下ろす。

「で……できたっ……」

はあぁ、と詰めていた息を吐き出すと、身体から力が抜けた。

灯里は周囲を確かめるように見回す。

怨霊の影もなければ、立ち込めていた瘴気すら消えている。

「……本当にできたのか？」

自身の浄化に今ひとつ自信が持てず、灯里は懐から記録符を取り出した。

記録符に記録された試験中の情報は、生徒自身も読み取ることができる。

「三尸(さんし)その巻物を明かし給え」

呪文を唱えると、記録符から文字が浮かび上がった。

それによると、確かに灯里が怨霊を浄化したという記録が刻まれている。

「よし、できてる！」

灯里は拳を握りしめて喜んだ。

ふと気づくと、肩で震えていた式神の鳥がいない。

灯里が周囲を見回すと、少し離れたところで息を潜めていた。様子を窺っていたようだ。

「薄情者め……おいで。もう平気だから」

少し考えるような間を置いてから、式神の鳥は灯里のもとへ舞い戻ってきた。

その姿に、灯里は思わず肩を竦める。疑り深いところというか、ちょっと素直じゃないところも術者譲りか。

落ちていた指輪を回収して鞄の中にしまい、灯里はその場をあとにした。

怨霊一体目の浄化を済ませた灯里は、その後も順調に浄化していった。

その間、他の生徒と会うこともあった。けれど、特に言葉を交わしたりはしない。全員が己のことで手いっぱいのようだった。

だが、すれ違うことだけでも交換できる情報はある。

たとえば、相手がやって来た方角の浄化は済んでいる可能性が高いなど……おかげで灯里は索敵を効率化することができた。

たとえそれがわずかな情報であっても、ないよりはいい。

「つっかれたぁー……」

灯里は、森の奥にあった崖の上で一休みすることにした。

携帯食料として食堂から貰ってきたおにぎりを食べると、強張っていた身体からふっと力みが抜ける。腹が減っていたのだと食べてからようやく気づくほど、気を張っていたようだ。

しかしそのかいあって、既に四体の浄化が済んでいる。

（あと一体か。どこだろう？）

おにぎりを頬張りながら、灯里は崖の上から周囲を見渡す。

眼下の森は深く、目視では集落跡は見えない。

森を一望できる高所であるにもかかわらず他の生徒が来ないのは、見えないと分かっているからか、そもそも灯里のように目に頼る必要がないからか。

と、森に目を凝らしていた灯里の鼻先を小さな何かが横切った。

「うわっ――って、あれ？」

灯里を一睨みして飛び去ったのは、桜餅のような色の小鳥・コザクラインコ――涼介の式神の鳥だ。

ということは、涼介も近くにいるのだろうか？

そう思った灯里の耳に「おーい」と聞き慣れた声がした。崖の下からだ。

食べかけのおにぎりを口に詰めて飲み物で流し込むと、灯里は急いで崖を下りた。

「やっぱり灯里だ」

崖の下にいたのは涼介だった。

先ほど灯里の眼前を飛んでいった式神の鳥を肩に留まらせている。鳥は一仕事終えたからか、どうよ？　と言わんばかりの顔つきだ。

「灯里、よくここ登ったね……」

下りてきた灯里の顔を見るなり、涼介は苦笑した。

「え？　どういう意味？」

「普通こんな急峻な崖には登らないよ。っていうか、登れない」

呆れたような感心したような涼介の言葉に、灯里は目を瞬く。

「そう、なの……？」

「やっぱり気づいてなかったんだ。体育でも脚速くなってるなって思ったけど、灯里、めちゃくちゃ身体能力が上がってるよ」

「そ、そうなの!?」

「やっぱり雪影先生の特訓についてってるだけあるなぁ」

驚く灯里に、涼介が微笑んだ。

思ってもいなかった評価に、灯里は自身の身体に意識を向ける。

確かに、脚は以前よりも速くなっていると思う。

というか、軽々と走れるようになっている気がする。

森を移動している間もずっと急ぎ足だったが、むしろ普段特訓で登っている山地に比べて楽だと感じていた。

なるほど、これは確かに成長しているのかもしれない――。

「灯里はもう終わった？」

涼介に尋ねられて、成長の喜びを噛みしめていた灯里は「あ」と思い出す。

「いや、まだあと一体残ってる。涼介は？」

「僕は終わったよ」

「おー、さっすが！」

「終了時間に間に合いそう？　手伝おうか？」

「大丈夫、だと思う」

灯里は懐中時計を確認する。

試験終了まで、あと二時間弱ある。

四体で六時間超かかったということを考えると、残り一体。

試験開始時と比べて、生徒たちによる浄化が進み、怨霊の数はかなり減っているはずだが、それでも間に合うだろう。

「そっか。じゃあ、僕はもう戻るよ」

「うん、ありがとう。またあとで――」


ぞくり、と背筋に悪寒が走り、灯里は言葉を途切れさせた。


勝手に身体が震える。

「なんだ、これ……？」

涼介が表情を引きつらせながら呟く。

彼も同様に何かを感じたようだ。

何かの――不吉な何かの気配を。

ふたりの肩に留まった式神の鳥たちも震えている。

灯里の式神は怨霊に遭遇するたびに羽を膨らませていたが、その比ではない。灯里の首筋にピタリと身体をくっつけて、まるで真冬の冷気にでも耐えるようにぶるぶると小刻みに震えている。

一体何が……と灯里は周囲の様子を探る。

目を配り、耳を澄ませ、全身の感覚を研ぎ澄ませて集中する。

ふと、何かおぞましい気配を感じて、灯里はバッとそちらに目を向けた。

「これは……艮の方角か？」

呟いたのは涼介だった。

灯里と同じ方角を見て、険しい表情をしている。

艮――十二支で表す方角での丑と寅の間は、東西南北では北東を指す。

別名で〝鬼門〟と呼ばれるその方角は、鬼が出入りする場所として古くから忌み嫌われてきた。この北東の鬼門に対して、反対側にあたる南西は〝裏鬼門〟と呼ばれる。これらふたつの方位は、鬼の通り道とされていた。

……そしてそれは、陰陽師にとっては注意すべき方位である。

鬼が出入りする場所・鬼の通り道というのは、比喩でも何でもないからだ。

「きゃあああっ！」

突如、遠くから甲高い複数の悲鳴が聞こえてきた。方角は視線の先である。

なんだ、と灯里と涼介は身を強張らせる。

ふたりの視線の先で、森が揺れていた。

否、揺れているのは木々だ。灯里たちの足元は揺れていないので、地震ではない。なのに、何かに揺すられているかのような大きな動きだ。

その森の揺れが徐々に近づいてくる。

と、揺れる木々の間から、ふたつの人影が飛び出してきた。

「あっ、灯里くん！」

「委員長もっ……！」

見覚えのある女子がふたり飛び出してきた。

夏休み前、食堂で灯里たちに話しかけてきたうちのふたりだ。

「逃げて!!」

どうしたの、と訊こうとした灯里に、女子のひとりが叫んだ。

逃げるって何から……そう抱いた疑問には、次の瞬間に答えが出ていた。

ガサガサと大きな音を立てて揺れる森の木々。

その奥からぬっと出てきたのは、赤黒い面だ。

人が被るには大きすぎるそれは、般若(はんにゃ)の面である。

だが、それ以上に異様なのは、面の奥に続くムカデのような身体だ。

大木のような長大な図体はズルズルと地を這い、その終わりは森の暗がりに続いていて見えない。表面は鎧(よろい)を纏ったように黒光りしており、連なった無数の脚がおぞましく蠢いている。

「鬼……？」

涼介が愕然としながら呟く。

それを聞き、灯里はハッと我に返る。

同時に、涼介の腕を摑み反対方向へと走り出した。

背後でガサガサと草木が暴れる音がする。女子たちも同じ方角に逃げてきた。森の中にしては足元が平坦で走りやすいルートだからだ。

「お、鬼に遭遇するなんてっ……結界の中なのに、なんで⁉」

必死に走りながら涼介が呟く。

鬼――それは姿の見えない霊体である隠が力をつけ、この世に肉体を得たものだ。

（鬼だけじゃない……百鬼夜行まで……）

ちらりと背後を見て、灯里は唇を引き結ぶ。

鬼の周りに、まるで付き従うように無数の怨霊が群れている。

入学式の汽車でも遭遇した、百鬼夜行だ。

当時の灯里は視ることができなかったが、今あの時と同じように――否、それ以上の悪寒が身体の中を走り抜けてゆく。油断すると脚に力が入らなくなり、転んでしまいそうだ。

　この演習場には、地域一帯を囲む結界が張ってあった。

　結界が張ってあれば、鬼も怨霊もわざわざ破りはしない。結界に触れれば、浄化されてしまう。そうまでして破っても利がないから、普通は回り道をしてでも避けていくのだ。

　だというのに、汽車にも演習場にも現れた。

　逃げながら灯里は訝(いぶか)る。一体なぜ――。

「あっ！」

　その時、背後で悲鳴がした。

　灯里はとっさに振り返る。

　見れば、女子のひとりが地面に倒れ込んでいた。

　草に足を滑らせて転んでしまったようだ。

　背後には、鬼と、それに群れた百鬼夜行が迫っている。

「――涼介、先生たちに知らせてくれ」

　えっ、と涼介が疑問の声を上げた時、灯里は既に足を止めていた。

　懐から霊符を取り出し、女子の背後に向かって叫ぶ。

「祓え給い清め給え――急急如律令！」

　バチッと音がした瞬間、灯里は今までと別の方角に向かって走り出していた。

　灯里を追って、鬼が進路を変える。

「灯里っ！」

　涼介が叫ぶ声を背に受けながら、灯里は全速力で走る。

「お前は雪影先生を頼む」

　肩に向けて囁くと、それまで硬直していた式神が空に飛びあがった。目にも留まらぬ速度で彼方に姿を消す。

　それを横目に、灯里は木の根や枝などの障害物を避けて走り続ける。

『見ツケタ……喰イ残シ……逃ガサナイ……』

　低く呻くような声に、灯里の喉が悲鳴を上げた。

　鬼の声だ。

　だが、何を言っているのか、その意味は分からない。

（喰い残しって、なんの話だよ？）

　意味の分からないことは恐怖に繋がる。

　とにかく捕まってはならない、と灯里は必死に脚を動かした。登山での特訓で身に着けた軽い身のこなしで、木々の間をすり抜けるように走る。

(……捕まれば、たぶん終わりだ)

試験不合格で学園生活が終わるどころの話ではない。

迫りくる死を背筋に感じながら、灯里は必死に脚を動かした。

背後で森が揺れる大きな音が続いている。

鬼は木々の枝を避けもせず、バキバキと折りながら突き進んでくる。

(速い、撒けないかっ……)

距離が一向に開かず、灯里は焦っていた。

恐らくあの場の生徒の中で、脚は一番速いはずだ。だからこそ灯里はあの瞬間に飛び出した。

だが、足場が悪い森の中である。

さらに追ってくる相手は地形に影響されることなく進んでくる。灯里が避けた障害物も、まるで無視して進んでくるのだ。足を止めれば、すぐに追いつかれてしまうだろう。

そして人間の体力には限界がある。

このまま走り続けることはできない。

（えっと、なんだっけ……確か、足止めの呪文は——）

『呪術・応用』の授業で習った呪文を、灯里は後方に向けて唱える。

「走り人　その行く先は針の山　あとへ戻れよ　ア・ビ・ラ・ウン・ケン！」

同時に手で対応する印を結ぶと、地に生える草が鬼たちの進路を妨害するように針の如くピンと伸びた。

だが、鬼が怯（ひる）んだのは一瞬だけで、すぐに踏みしだいて追ってくる。

その様子に、灯里は走りながら舌打ちした。

どうしたらよいか考える。

自分は、雪影のように強力な呪術を使えるわけでもない。

そして相手は、隠の怨霊よりも上位の存在である鬼。

（赤黒い面……俺じゃ歯も立たないぞ……）

追ってくる鬼の容貌を思い浮かべて、灯里は唇を引き結ぶ。

鬼の強さは、顔に当たる面の色と形状で分かるという。

色は、白・黒・赤・金の順に強く、そして形状は人の貌（かお）から遠ざかるほど強くなる。

いずれも、後者になればなるほど神に近くなるといわれていた。もっとも下位の白面の鬼ですら、灯里では相手にならない。足止めすらできない現状、逃げるしかない。

さらに、追ってきているのは鬼だけではない。

無数の隠の群体である百鬼夜行が、鬼の供を務めている。

「いや無理じゃんッ!!」

灯里は肩で息をしながら思わず叫んだ。

あの瞬間、飛び出した自分の愚かさを嘆く。

ああしていなければ同級生に被害があったはずだとは思いつつ、出過ぎた真似をしたと今になって後悔する。だがもう遅い。

(っていうか、結界が張ってあったんじゃないのかよ……!)

演習場には結界が張られ、初期の怨霊だけが用意されている――そういう話だったはずだ。

だが、背後に迫る鬼たちは明らかにそれとは異なる。

あんなもの、一年生が受ける試験の範疇にあってはならない存在だ。

(恐らく事故か。けど、どうして鬼や百鬼夜行が現れた?)

盾にするように大木の陰を走りながら、灯里は考える。

過去にも同じ状況があった気がしたのだ。

（入学式の汽車――……だけじゃ、ない？）

不意に脳裏を過る光景があった。


真っ白な世界。

それと相反する真っ赤な鬼の面。

それが、自分を覗き込むように見下ろしてきて――。


「――ぁっぶね!?」

木の根につま先を引っ掛けて、灯里は危うく転倒しそうになった。

疲労で脚が上がらなくなってきたらしい。

何とか体勢を立て直す。

だが、その際に額に貼り付けていた見鬼の霊符が木の枝に引っ掛かり破れた。

しまった、と灯里は思ったものの、替えの霊符を取り出している暇はない。百鬼夜行は視えずとも、肉体を得た鬼はまだ見える。鬼が見えれば、追いつかれるまでの距離は測れる。

……とにかく今は逃げなければ。

そう時を経ずして、雪影や他の教師たちが助けに来てくれるはずだ。それまで逃げ切れば何とかなるはずだ。

だが、灯里はそこでピタッと足を止めた。

「っ、嘘だろ……」

目の前に突如現れた崖に、灯里は絶句する。

これでは前に進めない。逃げられない。

周囲に道を探すも、南北にかけて伸びる崖は先が見えない。

崖の下を覗く。

高い。底が見えない。

しがみついて下りるにしても足場が悪すぎるし、そんなことをしている間に鬼たちに追いつかれてしまうだろう。肉体を持つ鬼はともかく、怨霊たちは地形を無視する。崖であろうと関係ない。

ひとまず場所を知らせよう、と灯里はポケットから発煙筒を取り出そうとした。

だが、疲労と焦りからか。

手が滑った。

「あ」

声を上げた時には、取り落とした発煙筒は崖の底へ。

呆気なく、音もなく落ちていった。

「ばかじゃねーの……」

己の失態に、灯里は途方に暮れた。

自身の居場所を知らせる手段がなくなってしまった。

二体でも三体でも、式神を同時に出せる者はいる。

けれど灯里は一体が限度だ。もし複数出せたとしても、力の消費が激しくなり、倒れてしまうかもしれない。

だが、今は倒れていい場面ではない。

灯里は、背後を振り返った。

森を揺らす異形のものたちが近づいてくる。

『喰イ残シ……甘美ナ味……臓腑モ骨モ、スベテ我ガ糧ニ……』

薄暗い木々の間から、ぬっ、と赤黒い鬼の面が出てきた。

同時に、鬼の周囲に無数の怨霊が姿を現す。

(……あ、れ？)

違和感を覚えて、灯里は目を凝らす。
目をギュッと瞑ってみる。擦ってみる。
だが、やはり違和感は変わらない。
「怨霊が、視える？　なんで……」
見鬼の霊符が破れた瞬間も、確かに視えなかったはずだ。
それが視えるようになっている。
一体なぜ？　自分には、見鬼の才はほとんどなかったというのに……。
しかし、その理由について考えている余裕はない。
鬼が、ムカデの身体を蠢かせながら、灯里を目指して近づいてくる。
数え切れぬほどの怨霊たちが、渦を巻くようにしてそれに追随してくる。
冷気を噴き出している鬼たちは、同時に周囲の暖かい空気を吸い込んでもいるようだ
――否、吸い込んでいるのは空気ではなく精気。森の生命力である。
そして、接近されるにつれ、灯里の四肢からも力が抜けてゆく。倦怠感に耐えられず、
膝を地面についてしまう。抵抗できない。
赤黒い鬼の面が近づいてくる。
膝をついた灯里を覗き込むように、頭からかぶりつこうとするように、その鎌首をも

たげている。

（ああ、終わった――）

灯里が諦めから目を閉じかけた時だった。

キンッと涼やかな音がして、灯里に触れようとした鬼が後退した。

まるで透明な壁にでも弾かれたように動揺している。

怨霊たちも怯（おび）えているらしく近寄ってこない。

「？　何が――……あ」

灯里は腰元に差していたものに気づいた。

そこにあるのは、雪影に持っているように言われていた懐剣だ。

鞘から抜くと、懐剣の刃がほのかに光を帯びている。

「これだ……でも、なんで？」

刀は邪気を祓う身固めや呪禁にも使えるという。

しかし、この刀にそこまでの力はないはずだ。呪術的な力を持たない、ただの小刀でしかないはずだった。

だが、確かに鬼を弾いた。

怨霊たちも忌避している。

原理は分からない。だが、鬼に対して何らかの力があることは確かだ。

(もしかして、この刀があれば鬼を倒せるんじゃ――)

小刀を握りしめた灯里が、そう思った瞬間だった。


パンッと音がして、灯里と鬼たちとの間に眩い光の壁が生じた。


「！　これは……」

結界？　なぜ突然？

不思議に思った灯里が、まじまじと光の壁を視ていた時のこと。

ヒュン、と風を切るような音がしたと思った直後、灯里の額めがけて小さな黄色い何かが飛び込んできた。

「ぶっ!?」

あまりの勢いに、灯里は思わず仰け反る。

「な、なんだ？」

さして痛くはなかったが、さすがに驚いた。

髪にしがみつくようにへばりついていたそれを引きはがせば、黄色いフワフワの毛玉

――ではなく灯里の式神の鳥である。

全速力で飛んできたのか、小さな身体全部で息をしていた。

「お前、どうしてここに……？」

「君の式神は、よく訓練されているようですね」

聞き慣れた声にハッとして、灯里は背後を見た。

そこにあるのは切り立った崖で、道はなかったはず。

だというのに人が立っていた。

雪影である。

「え……先生……？」

「大変よろしい」

「いや、ではなく……なんで？　どうやってここに？」

「どうって、〝縮地術〟を使ってですが――ああ、これは二年生で教える範囲のものですね。君の式神が案内役となってくれたので、正確に移動できました」

雪影の話を、灯里は呆然としながら聞いていた。

安心して、急に力が抜けてしまう。

油断すると膝をついてしまいそうだった。

「その懐剣も役に立ったようで」

「あれ……ってことは、もしかして先生の仕業だったり……？」

「もしかしなくても私の仕業ですが。あと、それはあくまで護身の剣。破敵の力はありませんので、それで鬼を倒そうとは思わないことです。大事にしまっておきなさい」

雪影が灯里の握りしめた小刀を見て言う。

灯里は言われたとおり、再び腰元にしまった。

「灯里さん、不吉とされる四隅線の方位を避けましたね。これもよい判断です」

周囲を見渡しながら、雪影は満足そうに微笑んだ。

四隅線とは、鬼門と裏鬼門にあたる北東と南西、そして北西と南東を結んだ交差線のことだ。このうち前者は特に鬼門線と呼ばれ、陰陽道では不吉な方位とされている。

不吉な方位は、邪気が増幅する方位でもある。

つまり、鬼や怨霊も力を強めるということだ。

灯里はとっさの判断で、この方角を避けるように真東に逃げたのだった。

「凶方位に向かっていたら、赤面に成ってしまって厄介だったかもしれません。君のおかげで、鬼が成長せずに済みましたよ」

「先生が教えてくれたからです」

「そうですか。ならば、教えたかいがある……ところで灯里さん。見鬼の霊符なしでも隠が視えていますか？」

「え。先生、なんでそれを」

「やはりそうですか」

悠然と話す雪影の傍らで、光の壁が音を立てていた。

何かが焼け焦げるような嫌な音だ。

怨霊と鬼が、壁を破ろうとしている。

それを横目に、雪影はため息を零すように告げた。

「力が戻っている証です。元々、君に備わっていた力が」

「俺に、備わっていた力？」

「おかしいと思いませんでしたか。なぜ、力のない君が学園に呼ばれたか」

突然の話に、灯里は頭が真っ白になる。

ずっと、おかしいと思っていた。

むしろ、おかしいとしか思っていなかった。

光の壁の向こうで、鬼たちが蠢いている。

だが、雪影は落ち着き払ったまま、淡々と話し続ける。

「この鬼と百鬼夜行。そして五ヶ月前、汽車に現れた百鬼夜行。結界に近づき破るなど、目的がなければやらぬことです。つまり、彼らには目的があったのですよ……灯里さん、君という目的が」

「お……俺？」

「そう。いずれも、君の力を求めてやって来たものたちです。決して偶然ではないのですよ」

「待ってください。俺の力って？」

「陰陽師に必要な霊力——見鬼の才や呪力など——その諸々の力を、君は鬼に喰われたのです」

喰イ残シ。

鬼のその言葉を灯里は思い出す。

「そんな……持ってた？　力があったたって？」

「ええ」

「俺、全然覚えてないです。そんな力を持ってたことも、喰われたことも」

「そうでしょうね。私が忘れさせたのですから」

雪影を見つめたまま、灯里は固まった。

けれど、すぐに我に返る。

「……どういうことですか。先生が？　忘れさせた？　いつ？　どうやって……いや、何で？」

「質問に答えて差し上げるのはやぶさかではないのですが、今は状況が少しよろしくないですね」

雪影の視線の先で、鬼と怨霊が光の壁を破ろうとしている。

確かに込み入った話をしている場合ではない。

油断すれば、ふたりとも取って食われかねない状況に見える。人など一噛みで屠れる凶暴な猛獣たちの眼前に、檻に入れて置かれているかのような状況なのだ。

と、雪影が灯里の前に立った。

「さて。これは学生の手には余る相手ですので、私が処理しましょう。灯里さんは、後ろで調伏の様を見ていなさい……実演で教えるには、ちょうどいい」

ピシ、と光の壁にヒビが入る。

押し寄せる鬼たちによって、結界が壊されようとしている。

その様子を動じることなく静かな眼差しで見つめて、雪影は灯里に授業でもするような口調で言う。

「まずは呪力増幅の呪……己の立つ場所がどこなのかを理解し、地の力を利用するなどしましょうか。

東方の守護者・帝釈天に帰命し奉る。我に軍神の如き力を与えたまえ(ノウマク・サマンダ・ボダナン・インダラヤ・ソワカ)」

対応する手印を結びながら、雪影は呪文を唱えた。

瞬間、雪影の身体が強い圧を発した。

ほっそりとした雪影の見た目は変わっていない。だが、まるで何倍もの大きさになったように灯里は感じた。

怨霊たちも彼我(ひが)の空間に狭さと息苦しさを覚えているようだ。前方の怨霊が、落ち着きなく光の壁と距離を取ろうとしている。

「次に百鬼退散の呪……一定の力のある鬼には効きませんが、雑魚(ざこ)にはこれで十分です」

雪影は霊符を構えた。

そこに描かれた紋様を素早くなぞるように撫でる。

「東海の神、名は阿明(あめい)。

西海の神、名は祝良(しゅくりょう)。

南海の神、名は巨乗(きょじょう)。

北海の神、名は禺強(ぐきょう)。

四海の大神、百鬼を避け凶災を蕩(はら)う——急急如律令」

呪文を唱えたと同時に、霊符が激しい閃光を発した。

光を浴びた怨霊たちが、身体から煙を上げて絶叫する。

「ああ、そうだ。せっかくなので刀禁呪も見せましょうか」

消えゆく怨霊を横目に、雪影は淡々と言った。

懐に手を入れ取り出したのは、灯里のものと同じような長さの小刀だ。鞘から抜いた刃に刀印を結んだ指を這わせる。

「我は天帝の使者なり。執持(しゅうじ)しむるところの金刀は不祥を滅せしむ。此(こ)の刀は凡常の刀に非(あら)ず、百錬の鋼(はがね)なり。一下すれば、何ぞ鬼の走らざるや。何ぞ病の癒えざるや……」

鬼は詠唱の間、光の壁を抉(えぐ)り続ける。

やがて光の壁が、パキン、とガラスのように砕け割れた。

だが、既に雪影の刀は力を宿している。

「千殃万邪(せんおうばんじゃ)、皆悉済除(かいしつさいじょ)。我、刀をして下しむ。急急如律令」

雷のような光を纏った刀で、雪影は鬼を切り祓った。

絶叫を上げながら、鬼がのたうち回る。

怨霊を消し去った浄化術が傷ひとつ付けられなかった鎧のような鬼の身体。そこに鋭く深い亀裂が走っていた。数本の脚ごと切断されている。

「刀は本来切るためのものですから、当然このようにも使えるのですよ。頑強な鬼の身体をも傷つけることができる……さて、最後は鬼調伏の呪です。反復は学習の基本ですから、以前にも使ってみせたものがよいでしょうね」

刀を手にしたまま、雪影は霊符を構えた。

そして、灯里にも聞き覚えのある真言を唱える。

「不空（オン）なる御方（アボキャ）よ　毘盧遮那仏（ベイロシャノウ）よ
偉大（マ）なる印（カ）を（ボ）有する御方（ダラ）よ　宝珠（マニ）よ　蓮華（ハンドマ）よ
光明（ジンバラ）を　放ち給え（ハリバリタヤ　ウン）――」

雪影が放った無数の霊符が宙に貼りつく。

鬼を四方八方から取り囲む様は、まるで檻の中に閉じ込めるようだ。

そうして逃げ場を失った鬼に引導を渡すように、雪影は結びの呪文を唱えた。

「――急急如律令」

汽車で見た光景を、灯里は今も覚えている。

だが、あの時はハッキリと視えていなかった。

それが、今は確かに視える。

霊符が囲んだ空間を眩い光の柱が貫いた。

天から矢の如く降り注いだその光が、鬼の面を射抜き、全身を穿つ。

そうして一片の跡形も残さずにこの場から消し去ってしまった。


「これにて、調伏完了です」


周囲を見渡したのち、雪影が言った。

一帯から邪気が消えたか、その確認も済んだらしい。

「すごい……」

目を見開いたまま、灯里は呆然と呟いた。

瞬きをしても、今しがたの光景が消えない。

鬼と怨霊から一切の抵抗がなかったかのような、鮮やかで無駄のない調伏。その様が瞼に焼き付いてしまったようだ。

同時に、頭の奥で光がちらついた。

（この光景……覚えてる、ような……）

真っ白な雪がしんしんと降る冷たい世界で。

朧げに見えたのは、真っ赤な鬼の面と、それを退けた眩い光。

そして、いま目の前に見えている背中――。

「動けますか」

「あ……はい。大丈夫です」

灯里は慌てて立ち上がった。

悪寒や倦怠感、脱力感はもう消えている。

鬼と怨霊に付き物の瘴気も、どうやら一掃されたようだ。

灯里の首元に貼りつくようにして震えていた式神の鳥も、安心したらしい。寛ぐように翼を伸ばし始めた。思念から生まれたものだからか、空気の変化に敏感なようだ。

「あ。そうだ先生、さっきの話なんですけど」

「ああ、そうですね。どこから話したものか……と、灯里さん」

「はい」

「その前に、試験を終わらせましょうか」

雪影の言葉に、灯里は「あ」と思い出した。

「そうだ試験中だ！　え、先生、これって異常事態だったとかで合格ってことには――」

「なりませんよ。だって浄化したの私ですから」

「だめかぁ！　えーと、残り時間は」

思いのほか時間が経っていたらしい。

懐中時計を見れば、あと一時間を切っている。

「やばっ……索敵からなのに！　先生、浄化対象のいる場所知りませんか⁉」

「知っていても教えませんよ。君の式神にでも聞いたらどうですか」

「ああ、もうっ！」

時間が惜しくて、灯里は駆け出した。

崖の先から森の中へ――と、木々の手前で思い出し、振り返る。

「先生！　助けてくれてありがとうございました！」

「いいから急ぎなさい」

雪影は素っ気なかった。

だが、いつもどおりのその態度に、鬼との遭遇でざわめいた灯里の心が落ち着く。

雪影の話は気になる。

けれど、今は試験に集中しなければならない。

「絶対に合格しますからねーっ！」

灯里は手を振りながら宣言して、元来た道を戻っていった。

その背を見送る雪影の目元に、微かに笑みが浮かんでいるとも知らずに。

「……覚えてるんですかね。私が言った、言霊の話を」

終章　失われた力と記憶の話

適性試験の翌日から、学園は試験休みに入っていた。

その連休三日目の正午。

学園の敷地内では、普段よりも式神の鳥が飛び交っていた。

学園事務局から放たれたそれらが、各学生のもとに試験結果を届けているからだ。

結果を受け取った者の反応は様々である。喜ぶ者、ホッと胸を撫で下ろす者、普段と変わらぬ者、落胆する者、荷物をまとめ始める者――そして、

「いた！　雪影先生！」

学園中を探し回って、灯里はようやく雪影を見つけた。

雪影がいたのは校舎中央にある大食堂だった。ちょうど昼食をとり終えて食器を返却したところらしい。式神の鳥を伴い駆け寄る灯里を見て、不思議そうに目を瞬いている。

「なんですか、騒々しい」

「先生もご飯食べるんだ……」

「……君はわざわざ喧嘩を売りに来たんですか」

「いえ、ではなく——そうだ！　試験、合格しました！」

「知ってますよ。採点側ですから」

勢い込んで報告した灯里は、思わず冷静になる。

同じく合格した涼介と散々喜びを分かち合ったあとだったし、すれ違った学科担当の教師たちも祝ってくれた。体育教師の瑞樹などは胴上げまでしてくれたし、呪術・基礎の女性教師は泣いてくれた。

そのため、ことのほか雪影の反応の淡泊さが沁みた。いつもどおりすぎる。

「はあ……知ってるってことは、俺の結果、先生が採点したんですか？」

「いいえ。把握しているだけです」

「知ってたなら、教えてくれたらよかったのに」

「教えるわけがないでしょう」

「足切りは三割だっていうから、俺、試験後から寝れなかったんですよ」

「ああ、あれ。嘘です」

言って、雪影は大食堂の外へ出ていく。

呆然としていた灯里は、式神の鳥を肩に載せ、慌ててその後を追う。

「え、先生、嘘って……なんで？」

「君のやる気が地にめり込むか、焚きつけられるか。いずれかの効果を期待しました。後者だったようで、よかったですね」

「ひ、他人事だと思って……！」

「それくらいの気持ちで特訓していなければ、君の力では不合格でしたよ」

言われて、灯里は言葉を呑み込む。

確かにそうだったかもしれない。適性試験には力が足りなかったことだろう。何せ、その力は――。

「灯里さん。君の力と、それを喰らった鬼について、話しましょうか」

雪影と灯里の間に、さあっ、と秋の風が吹いた。

山奥のこの地では木々の紅葉も早い。九月も下旬が始まろうというこの時期、ほんのりと色づき始めた木の葉が揺れる。

適性試験のあと、雪影も含めて、教師たちは皆バタバタしていた。

演習場に鬼と百鬼夜行が現れたことも影響していたようだ。

汽車に演習場と、連続して結界が破られたので、改めて学園施設全体の結界の点検も行われたらしい。

そのため、灯里は今日まで雪影から話を聞けずにいたのである。

「教えてください」

頷く灯里に、雪影はゆっくりと歩き始めた。

灯里はそのあとについてゆく。

「今年の二月に君は事故に遭いましたが……あれは、鬼に襲われたのです」

雪影はそう切り出して説明してくれた。

あの日、灯里を乗せた車は普段使わない峠道を通った。

……そして、峠に住まう鬼に襲われた。

灯里には幼い頃から高い霊力があり、その霊力を狙われたのだ。

どこかの代で高い霊力を持つ先祖がいて、隔世遺伝のようにその力が灯里に出たらしい。

ではなぜ、あの事故の日までは狙われなかったか。

それは、力を隠匿する封印の術が灯里にかけられていたからだ。

灯里は、幼い頃に奇妙な体験をすることが多かった。

何もないところで怪我をしたと思えば不気味な痣が浮かび上がってきたし、何日も続く高熱が出たと思えば「こわいものがいる」と何もいないはずの部屋の隅を指さして泣きじゃくった。

決定的だったのは、神隠しに遭いかけたことだ。

旅先で親がふと目を離した隙に、灯里は煙のように消えた。たまたま犬の散歩をしていた近所の人が灯里を見つけて保護してくれたが、見つかった場所はその土地で名も忘れられた古い神が祀られていた社の中だった。

そんな風に、不可解で不気味な出来事が重なったためだろう。

孫を心配した祖父母は、知り合いを伝手に陰陽師を頼った。

その陰陽師は灯里が持つ強い霊力が鬼や怨霊を引き寄せていると見て、それを封印する術をかけた。力を隠して悪しきものに認識されなければ一般人として暮らせるはずだ、と。

陰陽師の目論見は確かに功を奏した。

力を封じられた灯里は、鬼や霊というものを視ることなく、その存在を知らない普通の子どもとして暮らすことができるようになった。その〝こわいもの〟の記憶も、年月の経過とともに薄れていったようだ。

……だが、それと同時に封印の力は解けていった。

そして、その封印が完全に解けてしまったのが、あの峠道だったのである。

鬼の襲撃により車は防風柵に追突、灯里は車外に引きずり出され、その力を喰われた。

高い霊力が甘美な味だったからだろう。鬼は灯里を殺さず、肉体は生かしたまま貪り続けた。

だが、奇しくも同日、同時間帯、峠の鬼の調伏に向かっていた陰陽師がいた。

それが雪影だった。

本来ならば、鬼を調伏して完了するはずの仕事……ところが、既に現場には襲われた灯里が倒れている。

逃げる鬼を追うよりも、雪影は救助を優先した。

「――君のご両親には意識がありました。そして君が高い霊力を持っていたことも、陰陽師によってその力を封印されていたこともご存じでした。そこでご両親は私に相談したのです。鬼に襲われた息子の力だけでなく、今日の記憶を封印してはくれないか、と」

木陰のベンチに腰を下ろして、雪影は言った。

鬼のことも今日のことも忘れるように、そうして普通に暮らせるように……両親はそんな風に願って、雪影に頼んだようだった。

もう霊力は奪われた。ならば普通の暮らしも可能だろう、と。

「私は頼まれたとおり、君が病院で目覚める前に、君の記憶を封じました。けれど、ひとつご両親に忠告しました。

『息子さんの霊力は、また自然に元に戻るでしょう。もしそうなった場合、その兆候が現れた時、鬼たちは再び息子さんを狙う。それは以前のように霊力を封じても同じことですよ』と……ですから、同時に私は提案したのです」

「提案って、何をですか？」

「息子さんを陰陽師学園に入れませんか、と。

陰陽師として力をつければ、息子さんは自分で自分を護れます。もし適性がなければ、定期的に封印を施す。それでどうでしょうか……とね」

雪影の言葉に、灯里は目をぱちくりさせた。

狐につままれたような気分になったのだ。

「父さんも母さんも何か隠してるとは思ってたけど、やっぱり学園のこと知ってたんだ……っていうか、先生も隠してたんですね」

「人聞きが悪い。君が訊かなかっただけでしょうに」

「訊きましたよ！　なんで俺が学園に入れたのかって」

「私は入学者を選定する立場にはない、と答えたと思いますが。

なぜ君のもとに入学案内がきたかには答えられますが、君がこの学園に入れた理由は選考した学園長にしか分かりませんよ」

屁理屈だ、と灯里は思った。

だが、訴えるだけ無駄だと諦める。

言葉を間違えれば、呪術も発動しない。雪影が答えなかったのも、それと同じようなものなのかもしれない。そう思えば納得もできそうだった。

「あの、俺のその奪われたっていう力なんですけど……もしかして戻ってます？」

「完全にではありませんがね。入学時に汽車で龍脈を通ったことをきっかけに、徐々に元に戻ってきています。そして私との特訓で、当初の想定以上にその回復の速度が上がり、適性試験の最中に隠が視えるまでになった」

「うん？　ってことは、完全じゃないのに狙われた……つまり、それだけ俺の霊力がすごいってことですか？」

「ええ」

「もしかして、先生より？」

「そうでしょうね」

あっさり認めた雪影に、灯里はポカンとした。

「嘘……いや、俺、冗談のつもりで言ったんですけど」

「冗談なら、君そのものが冗談みたいなものです。この年齢まで普通に生きていたことが、奇跡のようなものなのですから。君はかなり幸運なんですよ」

雪影はため息をつくように言った。

霊力の質が高い子どもは長生きできないという。それは、幼いうちに鬼や怨霊に目をつけられて、その犠牲となってしまうかららしい。

「君はよく人から変な気を起こされることが多かったらしいですね。だから逃げ足が速くなった、と」

「それ、親から聞いたんですか？」

「はい。大変でしたね」

「なんでそんな話を急に……」

「鬼には成り方が二種類あると、授業で習いましたね」

言われて、灯里は「はい」と頷く。

ひとつは、怨霊そのものが成長し、肉体を得て鬼に転じるもの。

もうひとつは、怨霊が人に憑りつき、その肉体を転じさせるもの。

「……あれ？　もしかして」

「気づきましたか。君の霊力は鬼になりそうな人間をも吸い寄せてしまう、と」

「そっか……俺だけの問題じゃなかったのか……」

「そもそも君の問題ではないのですがね」

雪影のその言葉に、灯里はハッとした。

何だか救われたような気分になったのだ。

自分に非があるのではという疑念を、今まで心のどこかで拭い切れずにいた。どんなに強がっても、その疑念が自分を弱らせる。

今の言葉で、それが晴れたようだった。

「それで灯里さん。どうしますか？」

「え。どうって……」

「君は霊力を取り戻しつつある。しかし皆まで知った今、君には改めて選択する権利があります。学園に残って陰陽師としてさらに力をつけるか。それとも、その力に封印を施し学園を去るか」

才能を伸ばせば、鬼に狙われる過酷な人生が待っている。

だが、まだ引き返すことはできる。

前に進むか。

それとも引き返すか。

雪影の問いかけに、灯里は目を瞬いた。

そんな質問をされると思っていなかったのである。

……なぜなら、

「残りますよ」

灯里は、もうとっくに決めていたからだ。

座っていたベンチから立ち上がり、振り返って雪影に宣言する。

「俺、先生を超える陰陽師になるんで」

「おや。『先生みたいな』ではないのですか」

「だって俺、先生よりもすごい霊力を持ってるんでしょ？」

「生意気な口を。君次第ですよ」

いつか式神の鳥の飛び方について悩んでいる時にも言われた言葉だった。

その式神は、もう縦横無尽に空を飛べる。

肩の上に留まっている式神を撫でて、灯里は微笑んだ。

きっと陰陽師としての実力も、これからの人生の行く末も……雪影の言うとおり、すべて自分次第なのだろう。

「では、学園長にもその旨をお知らせしましょう」

雪影はそう言うなり、自身の式神の鳥を飛ばした。

灯里のものよりも飛び慣れたそれは、わずかな羽ばたきだけで空を滑るように飛んでゆく。その姿を灯里の式神が羨望の眼差しで見つめていた。

「あの、先生。今の話を知ってたの、学園長と先生だけですか？」

「ええ。ですが、静子先生は君と私の関係について気づいていましたね。汽車で君に会った時に、私の霊力を感じたそうで。大した術者です」

雪影の言葉に、灯里は納得する。

初めて汽車で静子に会った時の反応の意味が、ようやく分かった。

「あ。そういえば、先生の式神って俺のと色違いですよね」

飛んでいく真っ白な式神の鳥を見送って、灯里はいつか思った疑問を口にする。

色こそ違うが、よく見れば、雪影の式神もオカメインコだった。

そして式神の姿は、術者の力を反映するという。

「式神が似てる。なら、俺と先生も似てる……ってことは、やっぱり俺、凄腕の陰陽師になれるってことでは？」

「君の記憶を封印した時に、私の式神の形質がうつっただけかもしれませんよ」

しれっと流す雪影に、灯里は「そうかなぁ？」と首を傾げる。

納得していない灯里の様子に、雪影は肩を竦めながら補足する。

「それに言ったはずですよ。『君次第』だと。今後について結論が出たのなら、あとは慢心せずに努力なさい」

「分かりました――あ！　じゃあ先生、今日これから暇ですか？」

「……急に何の話ですか」

「時間あるなら、特訓に付き合ってください！　三日も休んでたから、何かうずうずしちゃって。演習場で先生が見せてくれたあの浄化術、俺も使えるようになりたいんです！　お願いします！」

頭を下げる灯里に、雪影はひとつため息をつく。

そうしてベンチから腰を上げると、数歩そこから進んだ先で振り返った。

「いいでしょう。では、未の刻より始めますので、それまでに準備を」

「はいっ！」

教え子の元気な返事を背に、雪影は歩いていく。

灯里もその場から駆け出した。

肩から飛び立った式神の鳥が、連れ添うように術者の傍らを飛ぶ。

……学園へと向かったあの日、灯里はたくさんの不安を感じていた。

その中に、ちょっとだけ存在した、わくわくする気持ち……それが、今ではあの日よりもずっと大きくなっている。

確かに、不安はあるし、つらさや恐怖も知った。

だが、それに相反する喜びも今は知っている。

陰陽師の基礎となる思想の『陰陽説』によると、陰と陽が互いに影響し合って万物は存在するという。

万物ということはつまり、人の在り方もそうなのだろう。

ハッキリとした答えは、まだ灯里にも分からない。

けれど、この陰陽師学園で学び続ければ、それが分かるかもしれない。

(……本当に、よかったな)

この学園に入れた幸運。

在学継続を左右する試験に合格した安堵。
そして、まだこの場所に残れる喜び。
それらを噛みしめながら、灯里は雪影と約束した特訓の準備を急ぐのだった。
もっと、ずっと、強くなるために。

あとがき

不思議な世界に足を踏み入れてみたい。

ここことは違う場所に、特別に招待されてみたい。

そのような願望が昔からあった私は、特にファンタジー小説を好んで読んできました。読書から繰り返し得た楽しさのおかげでしょうか、作家になってから執筆させていただく機会も多かったりします。

さて、本作『陰陽師学園』も、そんなファンタジーの物語——少年が、特別に招待された学園で不思議な力について学び、大切な出会いを経て成長してゆくお話です。

比較的長い間イメージを温めていた作品ですが、このたびご縁をいただいて出版することができました。現代の片隅にあるかもしれない特殊な学園、師匠（先生）と弟子（生徒）の関係、呪術と戦闘、そして鳥類（オカメインコ）……と好きな要素を盛りだくさんで描かせていただきましたが、もし続編を出せるようでしたら学園の体育祭や学園祭などのイベントも鳥まみれで行いたいな、と勝手に妄想しています。

ここからは謝辞を。

マイナビ出版ファン文庫様と、編集をご担当いただきました山田様。懇切丁寧なサポート非常に助かりました。長く暗いトンネルの中を進むような時期の執筆でしたが、おかげで専念することができました。

装画ご担当の京一先生。カバーイラスト素晴らしかったです。先生が連載されている漫画からも、灯里たちが動き回る様を想像する力を与えていただきました。（※漫画が気になる方は、ぜひ『京一』様で検索してみてくださいね）

装幀ご担当のAFTERGROW様。センス抜群かつスピード感のある仕事ぶりに脱帽しました。デザイナーさんってすごいなと改めて実感した次第です。

その他、書籍制作から流通、販売に関わってくださったすべての関係者様。小説が本の形を得て然るべき場所に届くのは、皆様のおかげです。ありがとうございます。

そして最後に、読者の皆様。数多の小説の中からお手に取ってくださり、心より御礼申し上げます。

本作が、皆様にとって、不思議な世界への招待状になりますように。

三萩せんや

この物語はフィクションです。
実在の人物、団体等とは一切関係がありません。
本作は、書き下ろしです。

三萩せんや先生へのファンレターの宛先

〒101-0003　東京都千代田区一ツ橋2-6-3　一ツ橋ビル2F
マイナビ出版　ファン文庫編集部
「三萩せんや先生」係

陰陽師学園
～おちこぼれと鬼の邂逅～

2021年12月20日　初版第1刷発行

著　者	三萩せんや
発行者	滝口直樹
編　集	山田香織（株式会社マイナビ出版）
発行所	株式会社マイナビ出版
	〒101-0003　東京都千代田区一ツ橋2丁目6番3号　一ツ橋ビル2F TEL　0480-38-6872（注文専用ダイヤル） TEL　03-3556-2731（販売部） TEL　03-3556-2735（編集部） URL　https://book.mynavi.jp/

イラスト	京一
装　幀	AFTERGLOW
フォーマット	ベイブリッジ・スタジオ
ＤＴＰ	富宗治
校　正	株式会社鷗来堂
印刷・製本	中央精版印刷株式会社

●定価はカバーに記載してあります。●乱丁・落丁についてのお問い合わせは、
注文専用ダイヤル（0480-38-6872）、電子メール（sas@mynavi.jp）までお願いいたします。
 ISBN978-4-8399-7637-8
Printed in Japan

Fan
ファン文庫

あやかしトリオのごはんとお酒と珍道中

幻月夜のひと騒ぎ

著者／桔梗楓
イラスト／冬臣

ファン文庫人気シリーズ『河童の懸場帖』のスピンオフ第二弾！

麻里の誕生日にプレゼントを渡さないと言う河野に朋代がプレゼントを渡すべきと説得し、一緒にプレゼントを選びに行くことに…!?